ZHI HUI HUA KAI

智慧花开

青少年成长经典寓言100篇

黄瑞云 顾问 / 谷旦 野陌 刘亚莉 主编

长江出版传媒 | 湖北教育出版社

(鄂)新登字 02 号

图书在版编目(CIP)数据

智慧花开——青少年成长经典寓言 100 篇/谷旦,野陌,刘亚莉主编.

—武汉:湖北教育出版社,2014.10(2020.11 重印)

ISBN 978-7-5564-0651-7

Ⅰ.智…

Ⅱ.①谷… ②野… ③刘…

Ⅲ.寓言-作品集-世界

Ⅳ.I17

中国版本图书馆 CIP 数据核字(2014)第 154135 号

智慧花开——青少年成长经典寓言 100 篇

ZHI HUI HUA KAI —— QING SHAO NIAN CHENG ZHANG JING DIAN YU YAN 100 PIAN

出品人 方 平

责任编辑 刘书慧　　责任校对 魏志军

封面设计 牛 红　　责任督印 张遇春

出版发行 长江出版传媒 430070 武汉市雄楚大街 268 号

湖北教育出版社 430015 武汉市青年路 277 号

经 销 新 华 书 店

网 址 http://www.hbedup.com

印 刷 天津旭非印刷有限公司

开 本 710mm×1000mm 1/16

印 张 14

字 数 132 千字

版 次 2014 年 10 月第 1 版

印 次 2020 年 11 月第 4 次印刷

书 号 ISBN 978-7-5564-0651-7

定 价 24.80 元

序言

这是一本旨在帮助青少年儿童铸造美德，提升智慧的寓言读本。随着时代的发展，越来越多的教育工作者和家长感到了“关注孩子心灵成长”的重要性。心灵成长到底需要什么来滋养？这是令许多家长困惑的问题。“不要输在起跑线上”的口号曾经让无数的家长不惜血本，不惜人力、财力对孩子进行才艺和智力的培训，可孩子却越来越难教了。有专家曾经指出，我们的教育正在培养一批精致的“利己主义者”，他们高智商、世俗、老道、善于表演、懂得配合，更善于利用体制达到自己的目的。从马加爵、药家鑫到复旦投毒案，一桩又一桩血案触目惊心，不得不令我们反思：我们的教育到底缺少了什么？

我们的教育缺少了心灵的真营养。

心灵需要美德来滋润，心灵需要智慧来沉淀。什么是美德，大家都知道；什么是智慧，不见得人人清楚。世人往往把小聪明当作智慧。“智”，知“道”也，了悟人世很多道理；“慧”，扫除心中的阴暗、邪恶。所以真正的大智慧是了悟宇宙、人生的规律，心存真、善、美，这才是人生的大格局、大境界。能够去蔽，抓住本质，看见别人看不见的是智慧；能透彻了解人生意义，跳出狭隘的小我叫智慧；能够转念，把一切消极因素都转化为对自己有利的因素，这种思维方式是智慧；能够管住自己的心，能够断恶修善，这是智慧；能正确、迅速、灵活地理解事物和处理事物的能力是智慧……

心灵成长的核心是美德与智慧，它们才是人生幸福和快乐的源泉，也是人生最大的财富！

本书所编选寓言均为中外有定评的经典性作品，内容涉及热爱祖国、讲究公德、友爱忠诚、团结协作、求索进取、尊重科学等诸多美德，寓意深长，格调健康，趣味隽永，短小精悍，语言优美，脍炙人口，道尽生命悲欢，富含深邃哲理，诚为广大青少年喜闻乐见的精品读物。为方便阅读，集中佳作分辑编排，重点突出，眉目清楚；每辑前配有导读短文，钩玄提要，堪作津梁。一册在手，既可受到情操的陶冶，又可获得审美的愉悦；既让孩子走出心灵的泥沼，又让孩子收获成长与感动！

目录 contents

一、爱国篇

二、公德篇

三、诚信篇

四、友爱篇

五、协作篇

六、自律篇

九、科学篇

十、创新篇

一、爱国篇

爱国，是为人之根本，是中华民族的优秀传统。“饮水不忘思源”，没有国哪有家。天下兴亡，匹夫有责，是历代炎黄子孙恪守的格言。自古以来，爱国志士、民族英雄，史不绝书。爱国主义精神体现在哪些地方？下面这些寓言也许会给我们一些启发。

一场森林大火正在毁灭着陀山，无数的鹦鹉用羽毛蘸水勇扑山火，为保卫家园不惧身小力微。狼、蛇、鹰，较之于野猫、蚂蚁、乌鸦，力量不知道要强大多少倍，但弱小的野猫为拯救自己和孩子敢于同敌人作殊死搏斗，杀死了残忍的入侵者；无数的蚂蚁前仆后继，不怕牺牲，用鲜血和生命换取了反侵略战争的胜利；机智的乌鸦，成功地运用军事谋略，洗雪了夺城灭国之恨。许多事实证明，弱小可以战胜强大，正义必然战胜邪恶。《铁锤和锋刃》告诉我们，在强敌的恫吓之下，应该怎样维护民族的尊严；《神鸟和宝马》告诉我们，国家有形无形的珍宝，甚至一草一木，都应该百倍珍爱；《狼落狗舍》告诉我们，对付狼的办法，不是结盟讲和，而是紧密团结起来勇敢地与敌人厮拼。我们希望世界永久和平，但不能像罗德斯岛居民一样乞求于外在力量的保佑，刀枪永远不能丢弃；我们要听桑树堡那位老人的忠告，时刻警惕豺狼卷土重来。

爱国，不仅是爱国土，更要爱人民，那位贤明的印度国王选择了一个真正的爱国者当他的继承人。我们不论生活在哪里，即使有一天侨居海外，报效祖国的心也永远不能改变，永远记住那首《我的中国心》！

点睛之句　一只聪明的猫，绝不会懦怯地离开自己祖祖辈辈生活的地方。

001 狼和野猫

很早以前，在海滨生活着一群狼，其中有一只狼特别残忍。

海滨附近的山区里，有许多各种各样的野兽，其中，有一群野猫，它们有自己的国王。一次，那只残忍而狡猾的狼，闯进了这个山区。它隐藏起来，每天都要抓一只野猫吃，这可使野猫们伤透了脑筋。在国王的主持下，猫国大臣们共商对策，大臣中有三只雄猫特别精明能干，足智多谋。国王问第一只雄猫，可有什么良策对付这只恶狼。这只猫说："除了听天由命，再无其他办法可想了，我们怎么可能同狼对抗呢？"

国王又问第二只雄猫。这只猫说："我们只好离开这里，另外找一个安静的地方，待下去太危险了。"

第三只雄猫却回答国王说："我建议还是留在这里，用不着因为这只狼而移居它乡。我倒有一个对付它的办法。"

"快讲吧！"国王命令。

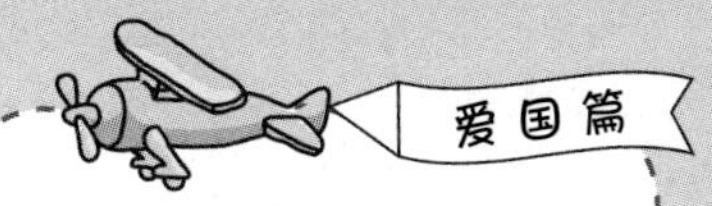

这只猫接着说："等那只狼又捕到新的猎物时，我们便注意它将猎物弄到哪里去吃。然后，陛下，你就带着我们中年轻力壮的猫慢慢走近它，就好像想要吃它剩下的东西似的。那样，它一定会觉得没有任何危险，丝毫不会戒备我们。我趁机向它扑去，先抓瞎它的眼睛，然后，大家一齐围击，它就再也无法抵抗了。不过，这时，不管我们中间这个或那个牺牲了生命，或是受了伤，都决不能有半点胆怯。因为，这是为拯救我们自己和我们的孩子而同敌人斗争。一只聪明的猫，绝不会懦怯地离开自己祖祖辈辈生活的地方。不！它一定会用生命来保卫它的。"

国王非常赞成这只猫的主张。

不久，狼又捕到新的猎物，并把它拖到岩石上面。野猫们就按照那只聪明勇敢的猫所说的做了。恶狼终于在无数只猫的利爪和撕咬之下，一命呜呼了。

（[德国]路特维希·贝希斯泰因）

启迪智慧 面对国家危难，用生命捍卫自己的家园，绝不胆怯，绝不后退，坚守底线！

绝对不跟狼讲和，除非把它的皮撕掉！

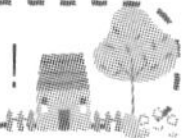

狼落狗舍

狼在黑夜里打劫羊棚，却落入了狗舍，狗舍立刻像白天一样地骚动起来。猎狗嗅到敌人老灰狼就在近旁，拥到狗舍门口，逼上前去迎战。

“喂，伙计们。有贼！有贼！”管狗的人喊道。院子的门关上了，立刻都上了门闩，这块地方顿时乱得像个地狱。这一个拿着硬木棍儿来了，那一个提着枪来了。

“拿火来，”他们嚷道，“拿火来！”于是有人跑去拿了火把。狼在角落里坐着，它的硬硬的灰色背脊躲在那儿正合适，它露出可怕的牙齿，竖起硬毛，瞪着眼睛，好像当场就能把大家吃掉似的。然而，跟猎狗们打交道，可得放聪明点儿，可不能来这么一手。总而言之，这是十分明白的，今儿个夜里可没有不花钱的羊肉吃。狡猾的老狼觉得应该进行谈判，它油嘴滑舌地开口说道：

“我的朋友们，何必这样吵吵闹闹呢？我是你们的老朋友，你们的长久失掉联络的同胞兄弟！我是来签订和约的，你们何必这样气

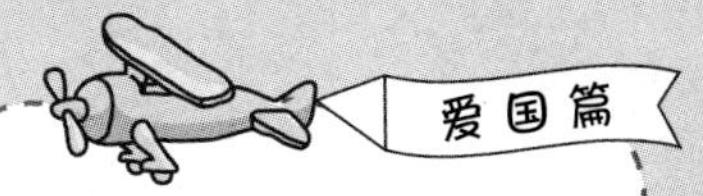

势汹汹呢？让我们大家把往事一笔勾销吧，我们来订个同盟，我不光是不再来惊动你们的羊群，而且情愿替羊群打抱不平，我们狼有的是信用,我发誓……”

“对不起，可没有那样便宜的事儿。”管理猎狗的头儿打断它的话，说道，“如果你是灰色的，我可是白发苍苍了。我老早有根有据地看透了狼的本性，我对付狼的办法已经屡试不爽：绝对不跟狼讲和，除非把它的皮撕掉！”

于是他立刻放出一群猎狗，向狼直扑上去。

（［俄罗斯］克雷洛夫）

启迪智慧 面对敌人，要看透对方的本性，要善于透过现象看本质。

国家的奇珍异宝，连国王也不能随意支配，与人交换。

003 神鸟和宝马

相传，印度国王有一只神鸟，像母鸡一样会生蛋，但生的不是普通的鸟蛋，而是珍珠和宝石。希腊国王得知这一奇闻，一心想拥有这只神鸟，就派使臣去拜见印度王，提出了自己的请求。

印度王同意把神鸟送给希腊，但提出了一个条件，要希腊王把他的宝马送给印度。据说，这匹希腊骏马日行千里，奔跑起来，连飞鸟都追不上。交换宝物，谁都难以割舍，但两位国王最终还是达成了协议，各自得到了想要的宝物。

谁也想不到，神鸟到了希腊，变得与其他的鸟没有什么两样，生下的都是平平常常的鸟蛋；而宝马到了印度，竟然抵不上一般的马匹，甚至跑瘸了一条腿，再也不能驰骋。印度国王连说上当，把宝马退还给希腊。希腊国王也大失所望，把那只鸟送回了印度。

令人惊奇的是，神鸟和宝马回归各自的故土之后，又都像从前一样，恢复了神奇的功能和魔力。

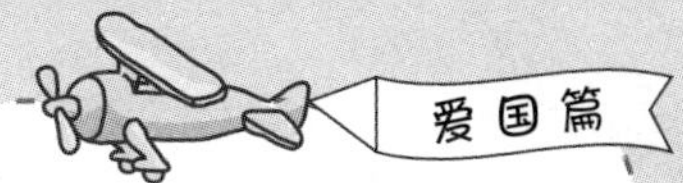

这个故事说明，国家的奇珍异宝，连国王也不能随意支配，与人交换。

（亚美尼亚民间寓言）

启迪智慧 离开了故土，失去了根，任何人和物均失去了价值。

尽管蚂蚁付出了很大代价，最后还是结束了蛇的生命。

蛇与蚂蚁

经常到蚁巢骚扰和伤害蚂蚁的蛇，收到了一封警告信。信中说，假使它不改变扰乱蚂蚁安宁和威胁蚂蚁生命的恶习，有朝一日蚂蚁国将被迫进行反击。

在蛇的脑子里，自恃庞大的骄气与日俱增；在蛇的心里，依仗力大的傲气达到了极点。它根本不把蚂蚁放在眼里，满嘴喷毒，用轻蔑、厌恶、残暴、傲慢的语气回答了蚂蚁的警告：“哼！你们这些孱弱无力、赤手空拳的小蚂蚁也胆敢吓唬和攻击我！真是不知天高地厚，你们有这个胆量？要想领教就请来吧！一定叫你们跪倒在我的面前。到那时候，我想什么时候吃你们窝里的卵就可以什么时候吃了。”

听到蛇的回答，蚂蚁从东南西北，从全国的各个角落结阵而来，准备结果这个侵略者的性命。

在搏斗中，蛇压死、咬死了很多蚂蚁，从它嘴里像自来水一样

喷出的毒液使很多蚂蚁变成了瞎子。蚂蚁奋不顾身地蜂拥而上，向蛇的眼部、尾部及其身体各个薄弱部位冲击。在挤压抖甩蚂蚁的时候，蛇的尾部受了伤，它全身的血都从这个伤口流出来了。尽管蚂蚁付出了很大代价，最后还是结束了蛇的生命。

（[埃塞俄比亚]夏班·罗伯特）

启迪智慧 邪不胜正，对于侵略者，哪怕势力再大，也终究落得个失败的命运，这是积聚正气的智慧！

点睛之句　乌鸦王国并不甘心于失败，乌鸦们集合起来商议报仇复国的事。

乌鸦王国和鹰王国打了一场恶仗。结果，鹰王国获胜了。乌鸦王仓促率领乌鸦离开了它们的都城，鹰们进驻了这座城市。

乌鸦王国并不甘心于失败，乌鸦们集合起来商议报仇复国的事。一只老乌鸦说："你们把我的毛拔光，将我扔到鹰占领的城市去。"乌鸦们就这么做了，拔光了老乌鸦身上的羽毛，并把它扔进城里。

鹰看见后问："你来干什么？"

老乌鸦回答："我被痛打一顿，又被驱逐出来，就是因为我叫乌鸦们听你们的话。"

鹰带它去见鹰王。它们说："我们拾到了这只乌鸦，关于它的事让它自己说吧！"

于是，老乌鸦对鹰王说："我的朋友们毒打了我一顿，把我赶了出来，因为我对它们说：'你们听鹰的话吧！只有鹰王才是你们的

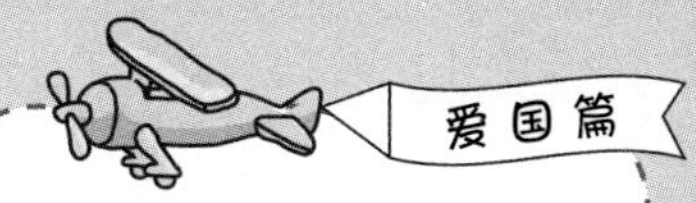

王。’”

鹰王听了很得意，对老乌鸦说：“那么，你就留在我们这里吧。”

老乌鸦同鹰一起住了好多好多天。有一天，鹰要到寺庙去，就带老乌鸦一起去。它们一起祈祷。当离开寺庙时，鹰问乌鸦：“谁对神最虔诚？我们还是你们？”乌鸦答：“你们！”它慢慢赢得了鹰的信任。

眼看鹰的节日快到了，老乌鸦就在半夜里溜出去，对乌鸦同伴说：“明天鹰都要到寺庙去，城里只剩下我一个。”

第二天，鹰出发前问老乌鸦：“今天你为什么不到寺庙去？”

老乌鸦回答说：“我肚子痛得厉害哩。”

待鹰们纷纷走后，老乌鸦赶紧去对乌鸦们说：“鹰都到寺庙去了，我们快动手吧！”

乌鸦们来到寺庙门口，放了一大堆干柴，点着了火。鹰们发现寺里烟雾腾腾，连忙往窗外飞，有的逃走了，有的死了，连鹰王也死了。就这样，乌鸦们重新夺回了自己的都城。

（达荷美民间寓言）

启迪智慧 为了复国，一切痛和一切苦都可以忍受，这就是爱国信念催生的力量！

我们怎能忍心眼睁睁看着自己的家园被大火烧掉呢？

006 鹦鹉救火

有一座山叫陀山。陀山算得上鸟兽的王国，这里生活着很多飞禽走兽，其中也有不少鹦鹉。

陀山上有一大片竹林。有一天，狂风猛烈地吹着竹林，竹子互相碰撞摩擦，居然爆出了火花。竹林烧着了，竹林周围的山草和树木随即也烧着了。火灾迅速蔓延，几十里外都能看见腾腾升起的浓烟。林中的鸟兽们十分恐慌，到处乱跑，无所归依。

在这关键时刻，许多鹦鹉汇集在一起，它们毫不犹豫地钻进山下的河里，纷纷浸湿自己的羽毛，然后奋力飞向那座燃烧的大山，把沾在羽毛上的河水，一点一滴地洒向熊熊的火焰，期望着能浇灭这场大火。

人间的灾难惊动了天神，天神见到一群鹦鹉在那里扑火，不禁皱起眉毛，迷惑不解地问："鹦鹉们呀，你们虽然有熄灭大火的志愿，可是凭你们那么弱小的身体，那一丁点儿的力气，一回沾上几

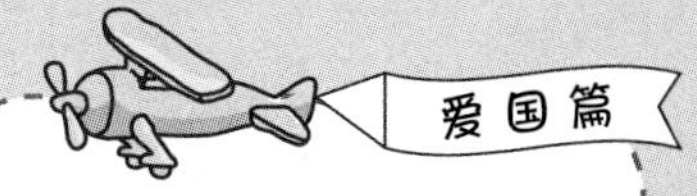

滴河水，能扑灭这绵延百里的大火吗？”

鹦鹉们回答说：“我们虽然知道凭这几滴水扑不灭大火，但我们常年住在陀山之中，和陀山朝夕相伴，情深似海，怎能忍心眼睁睁看着自己的家园被大火烧掉呢？再说，烧光了竹林和树林，我们到什么地方安身呢？”

鹦鹉的话感动了天神，于是，天神运用神力，降下倾盆大雨，很快就把大火熄灭了。

（印度民间寓言）

启迪智慧 皮之不存，毛将焉附？对家园和国土的爱只要情真、情深，哪怕力量薄弱，也要尽其所能，这是大爱，大智慧！

点睛之句 更为重要的是，他热爱百姓，非常关心他们的安危。

王位继承人

国王甘加瓦蒂有两个孪生王子，一个是阿贾亚，一个是维贾亚，他们从小就受到精心培养。

究竟由哪位王子继承王位，令年迈的国王感到为难，因为兄弟俩都文武双全，难分上下。他就这个问题征询宰相的意见，宰相说："只好考验他们一下，谁对您感情更深，更爱您，就立谁为继承人。"

国王说："怎样考验呢？"

宰相思索了一会儿，说出了一条妙计。第二天，国王带着两个王子到森林里去打猎，刚走到半路上，突然有人骑马疾驰而来，慌慌张张地喊道："大王，不好了！我们的城池被敌人包围了！"

国王向两个王子扫了一眼，命令他们立刻带领人马前去解围。

两个王子领着队伍回城，刚刚跑出十几里远，身后一匹马飞驰而来，原来是国王的卫士。他气喘吁吁地说："王子，不好啦！森林里跳出一伙强盗，正在袭击国王和宰相！"

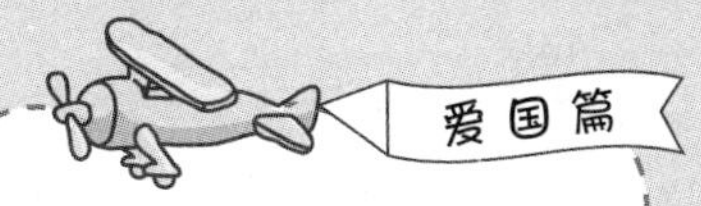

维贾亚一听，马上说："我们必须立刻回去赶走强盗。"

阿贾亚说："不！父王不需要我们帮助，他完全有能力保护自己。我们的子民无力击退敌人，他们更需要我们。"

但是，维贾亚不听阿贾亚的意见，他决定只身回去救驾。可是，当他赶到森林里时，发现国王安然无恙，正在同宰相谈笑风生，根本没有强盗袭击的迹象。

与此同时，阿贾亚也赶到了城里，发现城池也根本没有受到敌人的进攻。

宰相说："国王，现在已经清楚了，维贾亚比阿贾亚更爱您，他应该成为您当之无愧的继承人。"

国王哈哈大笑，回答说："依我看，阿贾亚对我感情更真挚。他不仅爱我，而且完全相信我，相信我的能力和勇气。更为重要的是，他热爱百姓，非常关心他们的安危。因此，阿贾亚是最合适的继承人。我相信在他的治理下，人民会更加安宁幸福。"

（印度民间寓言）

对百姓的爱是天底下最伟大最无私的爱！

点睛之句　他们希望在太阳神的庇护下，海岛永享太平。

公元前305年，位于爱琴海中的罗德斯岛上刮起了狂飙，海盗乘机入侵。数以万计的愤怒的居民，高举起菜刀、木棍、铁锹、镢头……甚至血肉的拳头，向入侵的海盗发起了反攻。

刹那间战云密布，吼声震天，铁与铁的撞击，肉与肉的撕咬，惊天地泣鬼神！

战斗结束，那些装备精良、训练有素的海盗全被歼灭，整个海岛躺满了他们的尸体。

居民们狂欢之后，又一齐愣住了。他们在思考一个大问题：为什么强大的敌人顷刻间土崩瓦解？他们不敢相信这是自己亲手创造的奇迹，他们喃喃自语："这一定是神，是神的意志……"

一位德高望重的老者抬头望了望灿烂的太阳，猛然醒悟。他大喊一声："同胞们，孩子们，快跪下吧！是他——万能的太阳神在庇护我们啊！"

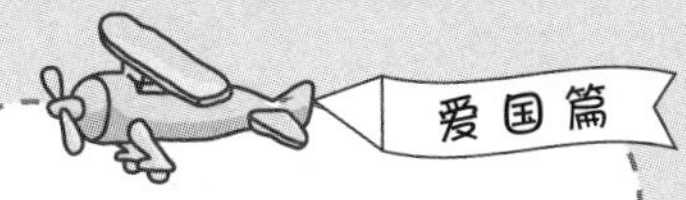

岛上立刻齐刷刷跪下一大片。暖融融的阳光抚摸他们的伤口，温暖他们的心灵。他们全体感受到神的伟大与人的渺小。他们爬起来，揩干了血迹，打扫了战场，便动手建造了一座辉煌的太阳神庙，用整牛整羊作为祭品，日夜香火不绝。

他们做完这些，仍觉得难以表达对太阳神的崇敬与感激，就把岛上所有的铁器，包括敌人留下的锋利的军刀和用以抗击敌人的笨拙的家具，统统集中起来，熔化了，铸成一座高三十米的巨大的太阳神像，矗立在大理石底座上。罗德斯岛的居民们这才心安。他们希望在太阳神的庇护下，海岛永享太平。

可是，不久，另一支海盗队伍侵入这座富裕的海岛。海盗们把手无寸铁的居民屠杀殆尽，只剩下这座高大的太阳神巨像，仍然矗立岛上。

（[中国]薛贤荣）

启迪智慧 “命由心造，福自我求”。人一旦把所有的希望都寄托到别人身上，便是自我毁灭的开始，也是亡国的开始。命运的钥匙牢牢地掌握在自己的手中，相信自己！

点睛之句　铁锤击碎玻璃瓶子，造成的不是残破的碎片，而是无数闪亮的锋刃。

阿凡提在王宫当谋士的时候，有一天邻国来了一个使臣。来者不善，使臣从皮囊里掏出一把铁锤，傲慢地对国王说：

"这铁锤就是我堂堂大帝国！"

接着，使臣又掏出一个玻璃瓶子，用不屑的口吻说：

"这玻璃瓶子就是贵国喽！"

使臣说罢，将玻璃瓶子放在国王的面前，旁若无人地举起铁锤，一下将玻璃瓶子砸个粉碎。

"我只这么一下，你们国家就完蛋啦！"使臣威胁地说。

国王吓得差点儿从宝座上摔下来。

"哈哈哈……"

使臣正在得意忘形，阿凡提上前捡起一块玻璃碎片，轻轻地在使臣手上戳了一下。使臣慌忙丢了铁锤，捂着流血的右手，吃惊地说：

“你……你这是做……做什么?”

“不做什么,我只是想提醒提醒你!”

阿凡提正颜厉色地对使臣说,“铁锤击碎玻璃瓶子,造成的不是残破的碎片,而是无数闪亮的锋刃哪!”

使臣一听,吓出一身冷汗,夹着尾巴灰溜溜地跑了。

([中国]邝金鼻)

启迪智慧 面对挑衅者,必须露出自己的锋芒,捍卫自己国家的尊严。

点睛之句　东条英机的阴魂仍然在窥伺中华大地。我们千万不要睡得太沉啊！

1944 年 7 月，日本头号战犯东条英机亲自到冀中平原桑树堡来指挥战争。他爬上桑树堡小山坡上一块高一丈多的石头，摆开八字步，架起望远镜向远方探望。不知是他身子太沉，还是那块石头本身不稳，或别的什么原因，石头忽然侧了一下，把肥胖的东条甩了下来。东条大怒，立即操起军刀，对着大石头狠命砍去。说来也怪，这一刀刚好砍去大石一个突起的尖角，使那块本来不像什么形状的石头，忽然成形像一顶日本皇军的军帽盖在一个猥琐的头颅上。第二年，日军在这儿遭到惨败，丢下几百具侵略军的尸体。人们把这些死尸埋在山坡下，那块军帽头颅石无意中成了侵略军的墓碑。

战争结束了许多年，奇怪的事情又发生了，这坟上寸草不生，人们一走近那儿就感到恶心。有的夜晚，墓碑周围常常冒出黑气，因此人们通常不愿到那儿去。

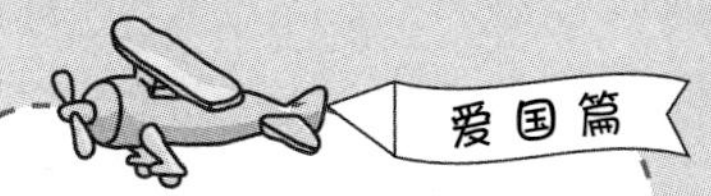

桑树堡的一位老人对这座坟观察了多年。他惊讶地发现，每到农历月末那天晚上，东条英机的阴魂就在墓碑上出现。他仍然架起望远镜向远方窥伺，下来后就操起军刀向墓石砍去。每当阴魂来到，墓碑周围的黑气就冒了出来。整整半个世纪，这种奇怪现象没有停止过。

老人终于把这一现象说了出来。当地群众非常愤怒，要求把这块墓碑炸掉。

老人坚决反对。他说："你们千万不要这样做，墓碑竖在这里大有好处。最好每个人在月末那夜来观察一下这一现象，让子孙们都懂得，东条英机的阴魂仍然在窥伺中华大地。我们千万不要睡得太沉啊！"

（[中国]黄瑞云）

启迪智慧 忧患意识对于和平年代的人们来说，更是必不可少，这是"安与危"的智慧。

二、公德篇

真不能设想，一个不讲公共道德的社会是什么样子。每个人，都是社会的一分子，每个人讲公德，社会才有公德可言。怎样才算讲公德呢？说起来多啦，遵守公共秩序啦，爱护公共卫生啦，爱护公共财产啦，讲文明讲礼貌啦，助人为乐啦……这样的人多了，社会风气自然就好了。可是，林子大了什么鸟都有，世上也有不少缺德的人——不，人渣。不过，缺德的人都没什么好结果。两家互相拆台的饭店，两败俱伤，倒让恶棍占了便宜。把石头扔到人行道上的富翁，以损人开始，以害己告终。不讲职业道德的店主，聪明反被聪明误，谋不着财，倒赔了不少食宿费。昧着良心敲诈路边穷人的女摊贩，最终落得竹篮打水一场空。见财起心偷人钱袋的老头，以不道德的行为撕下了“品德高尚”的假面。用歹毒的计谋陷害木匠的喇嘛，最终葬身于自己设计的火海。对求助者冷漠无情的姆莱古，哪料到家产、房屋连同自己一并被洪水卷走？狐狸为了独占兔子发现的灵芝，掀掉独木桥，反把自己逼上绝路。鼹鼠想据公共利益为己有而不惜糟践泉水，最后连想喝一口泉水都不可得。蛮横无理地夺占别人财物的蜥蜴，遭到了乌龟同样方式的严厉报复。这些故事应了中国一句老话：善有善报，恶有恶报。古人说，不以善小而不为，不以恶小而为之，难的是实践。

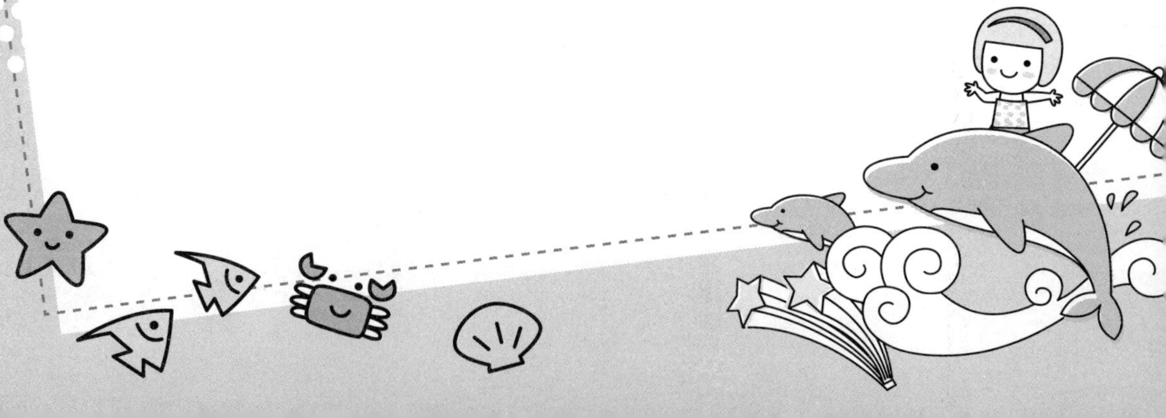

点睛之句 他们之间老爱互相挑衅和吵架，各不相让。

011 合算的午餐

在一个小城镇上，有一家“狮子饭店”。

一天，店里来了一位衣冠楚楚的客人。他简短而又固执地说，要一份很好的肉汤，还要一块牛肉和一盘蔬菜。店主非常客气地问他，是不是还想喝杯酒？“喔，那太好了，”客人答道，“用我的这些钱所能吃到的好东西，我都要。”他美美地吃了一顿后，从口袋里掏出一枚磨得光光的铜板，说：“喂，店主先生，这是我的钱。”店主说：“这是怎么回事？您得付我一个银币呢！”那位客人回答说：“我可没有向您要过一个银币的饭菜，我只是说用我的这些钱来吃。这里就是我的钱，再多我可没有了。要是你们给我拿的饭菜过多了，这可是你们自己的责任。”

“你这个诡计多端的恶棍，”店主说，“我本该好好教训教训你的！算了，我这餐中饭就算奉送给你。另外，这里外加你一块钱币。刚才的事情就算过去了。不过，请你到我的邻居‘熊饭店’去一次，也对隔壁那位店主重复一下刚才的把戏。”店主之所以要这么说，是因为他同邻居“熊饭店”的店主同行相嫉，一直不和。他们之间老爱互相挑衅和吵架，各不相让。

这时，只见那位狡猾的客人笑着用一只手抓起送上门来的钱，而另一只手却机灵地抓住了门，向店主道了晚安，并说道：“您的邻居，‘熊饭店’的店主那儿，刚才我已去过了。不是别人，正是他派我到您这里来的。”

（德国民间寓言）

同行相嫉，一直不和。和睦相益，不和相损。

点睛之句　你为什么把石头从不是你的地方扔到你的地方去?

012 石头的报复

某富人有一幢大房子，房子周围是一座美丽的花园。为了美化他的住宅，仆人们从花园里掘出不少石头，富翁就叫他们把石头扔到墙外的路上去。每天都是这样。

一天，仆人们又和往常一样扔石头。附近村里的一个老人从这里走过，他停下来对富翁提出抗议。

“你为什么把石头从不是你的地方扔到你的地方去?”他问。

“你说些什么呀?”富翁说，“你不知道这幢大房子和周围的园子都是我的吗? 我的土地一直伸展到这垛墙为止。墙外的路跟我毫不相干。”

邻村的老头摇摇头。“上帝对你太好了，以致你看不到生活中没有一件事是永恒不变的。”老人说完就走了，让富翁去思索他的话的意思。但富翁并没有思索多久，他马上又在他的仆人们中间走动着，鼓励他们从花园里清除更多的石头，扔到墙外去。

一年年过去了。花园里的石头已清除得一干二净。不知怎的，富翁的运气开始变了，他渐渐失去了他的财富。过了一个时期，他不得不把他珍贵的花园卖掉一部分。这样，一次一次地出卖，最后，把房子也卖了。他变得衣衫破烂，穷困不堪，和那些最不幸、最悲惨的乞丐们并没什么两样。

现在他已经老了，有一天，他从那幢曾经是他的大房子前面走过时，路上的石头绊倒了他，并扎伤了他的光脚。他站住了，站在那道他记得很清楚的围墙外面。他在路旁坐下来，歇歇他那又疼又酸的脚，这时，他记起了那个邻村老人很久以前说过的话："你为什么把石头从不是你的地方扔到你的地方去?"

（以色列民间寓言）

启迪智慧 把自己家的石头乱扔到马路上，不仅妨碍了路人，最终自己也一无所有。可见，利己与利他是紧密联系的。

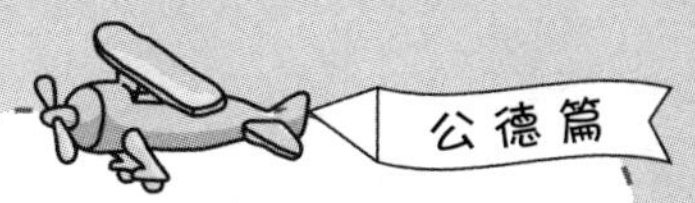

点睛之句　人哪，可别见财动心，将手伸到别人的财物上去。

013 丢失的钱袋

一位商人要到外地去。他在一座房子附近挖了一个地洞，将自己的钱藏在里面。那座房子里面住着一位老人，他一向被认为是品德高尚、忠诚老实的人。他正好看到这位陌生人挖洞藏钱，随后便过去将钱统统偷走了。

几天后，那位商人办完事回来取他的钱，发现钱被别人取跑了，急得不知如何是好。他偶然走进那位老人的房子，对他说："请原谅，先生，我有件事想请教你。劳驾，你能告诉我该怎么办吗？"老人答道："请说吧！"商人说："先生，我是到这里来采购货物的。我带了两个钱袋：一个袋里装着六百块金币，另一个袋里装着一千块金币。在这座城里，我举目无亲，找不到一个可以信托的人代我保管这笔钱财。因此，我只好到一个隐蔽的地方，将那装着六百块金币的钱袋埋在那里。现在我不知道该不该将另一个装有一千块金币的钱袋仍然藏到那个地方去，还是找另一个地方藏起来，还是找一个诚实的人代为保管好。”老人回答说：“如果你想听听我的意见，最好别将钱交给人家保管，你还是将钱藏到你第一个钱袋所藏的地方去吧！”商人道谢说：“我一定按照你的话去做。”

商人走后，这个老骗子私下想：“要是这个人将第二个钱袋送到老地方去埋藏时，发现原来的那个钱袋不见了，那他就不会再将第二个钱袋藏在那里啦。我必须尽快将第一个钱袋放回原处。这傻瓜准会将第二个钱袋再藏在那里，那我就可以将两个钱袋都弄到手了。”

于是，他赶紧将偷来的钱袋放回原处。此时，那位商人也在这样考虑：“要是这个老头偷了钱袋，那他为了弄到第二个钱袋，现在也许已把它送回原地去了。”商人来到原先埋藏钱的地方，真的又看到那个钱袋了。他高兴地喊道：“我的好人，您将偷走的东西又送回原主了！”

人哪，可别见财动心，将手伸到别人的财物上去。

（伊朗民间寓言）

启迪智慧 被财物和欲望蒙蔽了双眼的人往往变得愚蠢无比，利欲熏心，远离智慧！

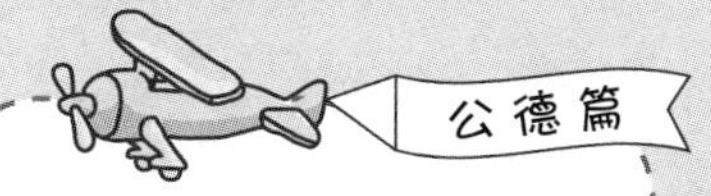

点睛之句　蜥蜴输了，懊悔自己开始时不该蛮不讲理。

014 乌龟和蜥蜴

离海边不远的地方住着一只乌龟，它到海边买盐，回来时，因为一口袋盐太重，它背不动，所以想出了一个办法，在口袋上拴了条绳子，在地上拖着走。虽然吃力，但拉得很起劲。这时，一只巨蜥从那里经过，看见乌龟拉着满满一袋盐，便起了坏心，偷偷地把绳子砍断，背上盐袋，跟在乌龟的后面。突然，乌龟感到自己拖的东西轻飘飘的，奇怪地回头一看，原来蜥蜴正背着它的盐袋在后面走呢。他生气地问道："你为什么把我的盐偷走了？"

"我什么时候偷了你的盐？"蜥蜴说。

"你背上的盐是我从海边拖回的。"乌龟说。

"这就奇怪了，我长这么大从未见过有谁拖着东西走路的，怎么说我偷了你的东西呢？"蜥蜴蛮不讲理地说。

没办法，乌龟到法院控告了蜥蜴。法院开庭审理，判处乌龟无理，盐应属于蜥蜴。乌龟输了一袋盐，不服气地说："天下哪有这样不合理的判决!”它生气地离开了法院,边走边想:我一定要找机会报这个仇。

一天,乌龟在树林里散步,不知不觉来到河边,发现河边有个小洞,真是冤家路窄,走近一看,原来藏在里面的正是蜥蜴,它的身子藏在洞里,尾巴露在洞外。乌龟心想,这下子有了报仇的机会了。于是,它大声叫道:“今天我碰到了好运气,捡到一条尾巴!”

蜥蜴听后,焦急地回头说:“尾巴是我的。没听说,别人的尾巴可以随便捡!”

“为什么尾巴不能捡?我长这么大,从未见过别人把尾巴留在洞外哩!”乌龟说。

它们为此展开了激烈的争论,乌龟硬说尾巴是它捡到的,而蜥蜴却坚持说尾巴是它自己的。最后乌龟说:“我们不必争吵,到法院去请法官判决吧!”

它们来到法院,经过审理,结果是蜥蜴无理,乌龟完全有理由捡这条尾巴。就这样,法官派人把蜥蜴的尾巴砍断,送给了乌龟。

蜥蜴输了,懊悔自己开始时不该蛮不讲理。

(非洲民间语言)

启迪智慧 蛮不讲理,往往害人害己,这是搬起石头砸自己的脚。

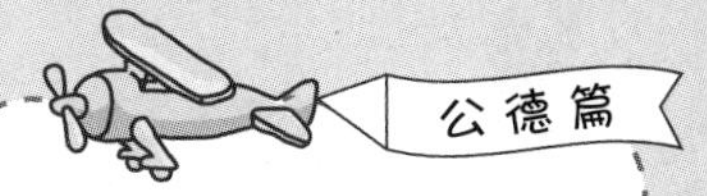

点睛之句　每当澳洲土著听到枭的叫声，就会对人说："千万别学自私的枭！"

015 自私的枭

一天晚上，月亮巴赫鲁下凡来到世间。他走了许久都没有找到一处安身之地，正感饥寒交迫，忽见远处有一点亮光，便立刻向那里奔去。这亮光是孤独的怪人姆莱古生的营火。

巴赫鲁跑到姆莱古身边，说："行行好，请给我一点吃的吧。"

"不行！"这个独居者暴躁地答道，"我只有刚够我自己吃的东西。"

"那么，您是否肯让我在您的营火旁暖暖身子呢？"

"这也不行！这火只够我一个人烤的。"

"您有这么多好皮毯。如果您不准我在火边待的话，就借一条皮毯给我，行吗？"

"那更不行了！"姆莱古大叫起来，"我是为自己收存着的，决不会给游手好闲的人享用。"

巴赫鲁受到如此无礼对待，一气之下，转身走到一棵高大的桉树前，姆莱古好奇地看着他掏出燧石刀在树干上凿出一个个向上间隔延伸的凹口，以此作为阶梯爬上了大树。最后他爬到了树顶端的一个杈子上坐下,又用石刀剥了一大块树皮盖在头上。

这时，太阳已经从东方升起。只见巴赫鲁念符咒，施魔法，顿时狂风大作，乌云密布，太阳被遮住了。接着，大雨倾盆而下。姆莱古急忙躲进他的小棚屋里，但雨势凶猛，眨眼工夫，上涨的河水就把他扎营的地方淹没了。洪水打着漩穿过树林，卷走了他的标枪、棒槌、飞镖和皮毯,最后连那间小棚屋也冲走了。

姆莱古拼命奔入树林里，想爬到树上逃命，但由于树干太滑，爬不上去,而洪水却越涨越猛,终于连自己也被卷走。

后来，姆莱古变成了一只枭，始终发出当初呼救时悲哀的声音。

今天,每当澳洲土著听到枭的叫声,就会对人说:“千万别学自私的枭!”

（大洋洲土著人寓言）

自私自利遭天谴，心底无私天地宽，无私才是大智慧!

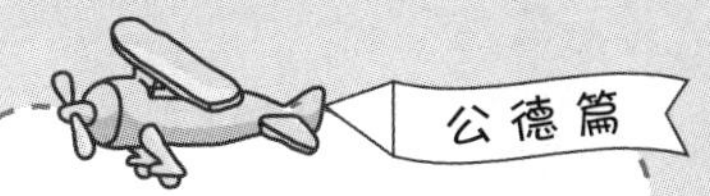

点睛之句　一盘煎鱼的气味，必然价值二角五分银币的投影。

016 鱼香纠纷

一个贫穷的行人，蹲在一棵树下，吃他随身包袱中带的简单饭食。饭食确实简单，只是一些做熟的大米和煮过的青菜。

当时正是凉爽季节，是人们串村走动的日子，所以大路旁边，有不少小摊，卖着煎鱼和煎饼。一旁有个女摊贩正在煎鱼。

这女摊贩一直在仔细打量行人，瞧着他吃饭。等他把饭一吃完，她便朝他伸手说："给我二角五分银币，这是买煎鱼的钱。"

"可是，太太，"贫穷的行人抗议，"我连靠都没有靠近你的摊子，更不用说拿过你的什么鱼了。"

"你这个财迷，你这个骗子！"女摊贩嚷起来，"谁没看见，你刚刚吃饭那阵子，一直都在品尝着我的煎鱼的香味呀！没有这香味，你那光大米加盐的饭菜，能那么可口开胃吗？"

马上聚集了大群围观的人，虽然大伙儿的同情都在穷行人这边，但也不得不承认，这风是从北方吹过来，当时也一定把煎鱼锅

里的香味儿带给了行人。

最后，女摊贩和行人去到精通法律的公主面前。公主的判决如下：

“该女摊贩坚持说，该行人吃饭时享用了她的煎鱼香味。该行人不能否认，在他蹲下进食时，风确实把煎鱼的香味吹进过他的鼻孔。因此，他必须付钱。但如何确定煎鱼香味的价格呢？该女摊贩声称，每盘煎鱼的价格是二角五分银币。兹命令该女摊贩和该行人都离开法庭，走到太阳光下面。该行人拿出二角五分银币，该女摊贩收下二角五分银币所投下的影子。因为，既然一盘煎鱼价值二角五分银币，那么，一盘煎鱼的气味，必然价值二角五分银币的投影。”

（缅甸民间寓言）

启迪智慧 以子之矛攻子之盾，善于抓住对方逻辑的弱点来制服对方，这是对待蛮横不讲理者的智慧！

点睛之句 “你这个老笨蛋，亏你还很高兴，他忘了付房钱和饭钱！”

017 健忘草

一个货郎来到一家乡村客店住宿。他把担子一放，就请老板娘给他做晚饭。

这个货郎本钱不多，一担货物一共也值不了几个钱。贪财的老板娘想从他身上多刮下几个钱，就从他的这副担子上打主意。

她一边在厨房里做晚饭，一边和她丈夫商量：“一个货郎到我们店里来住宿来了，我们能不能想个办法，把他的担子留下来呢？”

“这个最好办了，”丈夫说，“你给他的饭里加一点健忘草。谁吃了这种草，一定会忘掉一件事。货郎能忘掉什么呢？当然会忘掉他的担子喽！”

老板娘听了他的话，连声说好，便揪了一把健忘草放到货郎的饭里。货郎吃得很香，谢过老板娘，就到房间里去睡觉了。

第二天一大早，货郎就离开了客店。老板娘醒来后，连忙去查看货郎的担子还在不在。可是，她到那儿一看，房间里已是空空的

了。

“哼！你真是个大笨蛋！”她大骂自己的丈夫，“你还说健忘草有多灵呢，他根本就没有忘了自己的担子！”

“那么，他肯定是忘了别的什么了。”丈夫冷静地回答说。

“他什么也没有忘记！”老板娘气得喊了起来。

“不可能！”丈夫也跟他顶了起来。“你再好好想一想！”

老板娘认真地回忆了一下：货郎究竟会忘记什么呢？突然，她醒悟了，一拍脑门说：“是忘了，是忘了！”

“我不是跟你说了吗？”丈夫高兴了，“他到底忘了什么呢？”

老板娘一听，更生气了：“你这个老笨蛋，亏你还很高兴，他忘了付房钱和饭钱！”

（日本民间寓言）

启迪智慧 算计别人，算计来算计去，终究是算计了自己。所谓福人者福己，薄人者自薄。

点睛之句 木匠也拖来几捆干草，然后点燃。不一会儿，喇嘛倒在浓密的烟雾中。

有个习惯于别人白白替他干活的喇嘛，要求木匠给他造一间房子，没想到遭到了拒绝，喇嘛因此怀恨在心。

一天，他来到皇宫对皇帝说："昨天夜里，我在天上见到您父亲，他托我带回一封信。"

皇帝拿过信，上面写着："我想在天空里造一座庙宇，但这里没有木匠，给我派一位好木匠来！喇嘛将告诉你木匠怎样到我这儿来。"

那位木匠很快被传唤到皇宫，见皇帝提出这样奇怪的要求，就问凡人怎么能上天。喇嘛说："这很简单，老皇帝命令将你锁在一间草房里，然后点燃草房，直冲云霄的火烟就会把你带到天上去。"

木匠不敢拒绝，就说："明天中午你来陪我上天吧。"

夜晚，木匠和妻子整整忙了一个通宵，他们在住房和草房之间挖了一条地道。

刚刚完工，皇帝和随从，喇嘛和士兵就来了。他们把木匠锁在草房里，喇嘛拖来几大捆干柴，然后点燃。当浓烟遮没一切时，木匠经过地道钻回了家中。他从门缝中看到：草房被熊熊大火所包裹，皇帝和随从往半空望着，喇嘛叫嚷着："木匠去了，浓烟把他带到天上去了！"

木匠在家中藏了一个多月，每天用酸马奶洗脸洗手三次，不久，脸和手就像白云一样白。于是，他穿上白绸缎衣服去见皇帝，说："老皇帝派我从天上带封信回来。"皇帝接过读了起来："木匠为我造好了庙宇，但没有喇嘛，赶快派喇嘛来我这儿，照木匠来的路子走！"

喇嘛很快被叫来了，皇帝将信给他看了，命令他赶快动身。喇嘛看着白脸、白手、白衣的木匠，暗暗地想："一个普通的木匠都能活着回来，我更没有什么可怕的。"

第二天中午，皇帝和随从，木匠和士兵来到喇嘛身边。卫兵们将喇嘛锁在一间草房里，木匠也拖来几捆干草，然后点燃。不一会儿，喇嘛倒在浓密的烟雾中。

（蒙古民间寓言）

启迪智慧 对于歹毒无心的人，智者往往善于抓住他的致命弱点奋起一击。

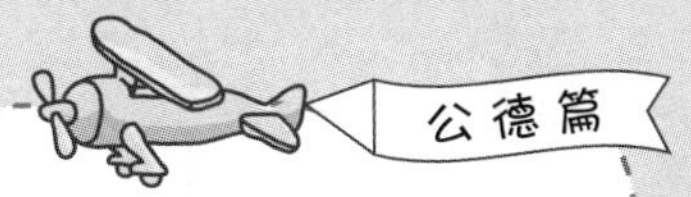

毁掉别人的路，给自己留下的也是一条绝路。

小白兔在山路上兴高采烈地跑着，边跑边笑出声来。

狐狸看见了，暗想："小家伙捡到什么宝贝了？"

他跑过去，很有礼貌地问道："小白兔，瞧你高兴劲儿一定有什么喜事吧？"

小白兔爽朗地说："我在对面山上，看见了一株大灵芝，大得像撑开的一把小伞。"

狐狸心中一惊，却装作没事的样子，摇摇头说："灵芝？没那么容易吧。别把蘑菇当灵芝了吧？"

"不会的，我这里还采了旁边一棵小的，大的我采不动，正回去叫大伙儿一起来采哩。"说完，从篮子里拿出了灵芝。

狐狸接过来一看，差点叫了起来。他转了转眼珠，对小白兔说："我刚才经过南山，怎么就没见到它呢？"

“不在南山，在北山的悬崖上。”白兔说，“从这儿去，顺山路拐过九道弯，过了独木桥，就到了。”

狐狸心中大喜，把小灵芝还给白兔，说：“别误了你的大事，快去把弟兄们邀齐，一起把灵芝采回来吧。”

小白兔刚走，狐狸乐不可支，拔腿就往北山跑去，拐过九道弯，跨过独木桥。正要往山顶奔走，忽然一想：要是白兔们来了怎么办呢？他竟转过身来，把独木桥掀下了悬崖……

兔兄弟们赶来了。狐狸望着他们，哈哈大笑：“回去吧，小东西，宝贝归我啦，哈哈……”

小白兔望了望掉到崖底的独木桥，说：“狐狸大哥，可你又怎么回来呢？”

狐狸一听，恍然大悟，急得在地上打起滚来……

毁掉别人的路，给自己留下的也是一条绝路。

（[中国]李少白）

启迪智慧 贪婪和自私是把人推向绝路的主要原因。

点睛之句　鼹鼠达到了目的，独自占有了小水坑，但也从此没有可以饮用的水。

020 鼹鼠和泉水

山泉从岩石里沁出，在半坡的低凹处积聚成一个小水坑。这水，清清的，凉凉的，带一点微甜，喝起来很舒服，因此，它成了猴子、山猫、刺猬和鼹鼠等解渴的好地方。他们常常是兴冲冲地跑来，高高兴兴地离去。

鼹鼠对这泉水尤其满意，一是他眼睛不好，走路困难，去很远的山溪不方便；再则他的敌人多，自己没有抵抗能力，路上容易遇到危险。这个小水坑离家近，水质好，要没有它可就麻烦了。即使这样，鼹鼠还是觉得有些美中不足：因为猴子、山猫等的干扰，还时时威胁着他的生命安全，当他十分口渴时，也不得不尽量忍受着，要等到深夜才能提心吊胆地去饮用，这种处境使他感到恼火。

为了独占这一坑水，鼹鼠冥思苦想，终于想出了一个办法，他决定把水弄脏，让猴子、山猫、刺猬等另找水源，便故意在水坑里洗澡、拉屎，把这里搞得一塌糊涂。这办法果然有效，没过几天，水坑附近就变得冷清起来，没有别的动物去光顾了。

事情的经过是这样的：

猴子去喝水，看到水很脏，说道："真可惜！这水不能喝了，也好，洗洗脚倒不错，以后，我有洗脚的地方了。"

山猫去喝水，看到坑水浑浊，说道："太糟糕了！这水洗个澡还勉强可以用。将来它算我的澡盆吧！"

刺猬去喝水，一股臭味直刺鼻孔，他看了看，说道："谁这么缺德，把好好的泉水糟蹋了？今后，我只能把它当成厕所用。"

鼹鼠达到了目的，独自占有了小水坑，但也从此没有可以饮用的水。

（[中国]王文琛）

启迪智慧 没有公德心，眼里只有自己的人不仅损人不利己，而且永远是大众唾骂的对象。

三、诚信篇

孔老夫子早在几千年前就说过："人而无信，不知其可也。"一个人活在世上，没有人信任是多么可怕的事情。任何时候都不能丢掉诚信，丢了诚信等于丢掉了性命。有一个年轻人，身背健康、美貌、诚信、机敏、才学、金钱、荣誉七个背囊乘船过渡，小船开出时风平浪静，到江心却风起浪涌。艄公为了安全，要他丢下一个背囊，减轻小船的负载。年轻人思索了一会儿，把诚信抛进了水里。这是一个令人悲哀的故事，诚信怎么能丢呢？丢了诚信就是丢了做人的根本。你看，牧羊人丢掉了诚信，用谎话捉弄人来取乐，后来连真话也没人信了；山猫丢了诚信，敲诈好心让他借宿的朋友，最后落个摔死的下场；酒店老板丢了诚信，用水掺上一点酒欺骗顾客，到头来钱财一场空；兔子丢掉了诚信，骗乌龟挖洞自己却不干，终于反遭乌龟的捉弄；狮子丢掉了诚信，假装慈悲来骗人，换来的是猴子的一番奚落；毫无诚信可言的骗子，为骗取钱财而以苦行者的面貌迷惑人，最终露出了狐狸的尾巴，遭到一顿痛打。人拥有诚信，说实话，做实事，才能赢得他人的信任。雄日因为诚信，得到了国王的钟爱；樵夫因为诚信，得到了真主的奖赏；真话因为诚信，胜过所有谎话、空话、大话的重量。我们要有《真理与谎言》中真理那样的品格，宁愿饿死也决不与谎言同流合污，还要善于听其言，观其行，识别形形色色的骗子，并勇敢地同他们作斗争。

“我宁愿饿死，也不学你这种本领。”

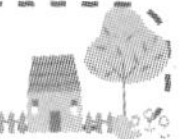

真理和谎言在路口相遇，彼此打了个招呼。谎言问真理：“近来日子可好？”

“唉，别提了，”真理叹息道，“一年不如一年。”

谎言望着衣衫褴褛的真理，露出一副同情的面孔：“看你这副模样是够寒碜的。不过，你不至于说起话来有气无力。”

“我已经挨了三天饿，”真理解释，“我走到什么地方不是碰钉子，便是遇麻烦，简直没个活路。”

“那只能怪你自己，”谎言说，“跟我来，管保你有好日子过，只要你不反驳我，你就会像我一样身着绫罗有吃有喝。”

真理点点头表示同意。于是，谎言带着真理向一座繁华的都市走去。它俩来到一座大饭店大吃大喝起来。个把小时后，顾客纷纷离去，谎言却用拳头敲着桌子，摆出盛气凌人的架势，饭店老板应声来到谎言面前，毕恭毕敬地问：“尊敬的先生，有什么吩咐？”

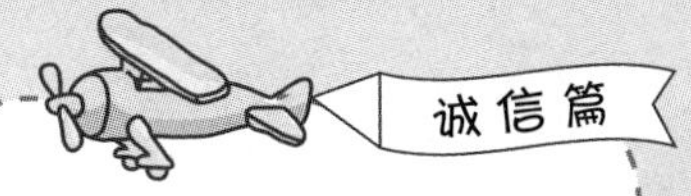

“我给堂倌一枚金币，等了这么久还不找钱来!”谎言声色俱厉。

老板忙把堂倌叫来问，堂倌说他压根儿没收到什么金币。谎言一听，大为恼火，扬言：“偌大的饭店还欺侮顾客!”说完，把一枚金币扔给老板，“算了，再给你一枚，找钱来!”

老板怕这件事败坏饭店的名声，不但没收这枚金币，反而找钱给谎言。同时还打了堂倌一个嘴巴：“混账! 收了钱怎么会忘记呢?”

堂倌平白无故挨了一记耳光，一遍一遍地咕哝，可是周围没有人相信他的话，他愤然喊道：“天哪! 还有没有真理?”

“我在这儿。”真理从牙缝中吐出的话只有它自己才听得到，“可眼下我的舌头被人拴住了，我不能回答你，你自己判断吧!”

真理和谎言离开饭店，谎言得意洋洋地对真理说：“这回你可看出我的本领了吧!”

“我宁愿饿死，也不学你这种本领。”真理说完便毅然走开，从此真理与谎言分道扬镳。

（希腊民间寓言）

启迪智慧 真理与谎言永远是势不两立，真理之所以成为真理，在于它永远不向谎言低头。

点睛之句　这个开玩笑的牧羊人最终自食其果。

022 狼来了

牧羊人和农夫们一样，都是靠辛勤的劳动换取劳动果实。这一天，牧羊人也早早地将羊群赶了出来。春天初到，附近的青草还不够丰盛，满足不了羊儿们的需要。为了使羊儿长得又肥又壮，牧羊人把羊群赶到了村外较远的山坡上去吃草。那里水草还算肥美，羊儿们吃得很开心，从远处望去，就像一朵朵白云，美丽极了。牧羊人拿出心爱的短笛，坐在不远的地方悠然地吹起了牧歌。悦耳的笛声回荡在山坡上，羊儿听见笛声吃得津津有味。

太阳渐渐地爬上了山坡，天气慢慢暖和起来，阳光晒得人暖洋洋的。牧羊人懒懒地躺在草地上，看着空中的白云从头上飘过，心里盘算着如何打发这无聊的时光。他平时很喜欢同村里人说说笑笑，人缘不错，于是他决定同村民们开个玩笑。他站起来拍拍身上的泥土，自己先笑了个够，然后高声向山下田间的人们喊道："狼来了，狼来了，快来人呀……"正在干活的人，闻声拿着工具匆忙赶

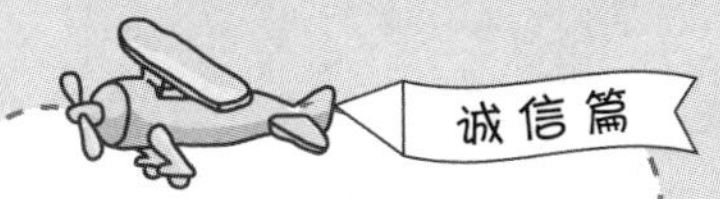

来。哪里有狼的影子？只见牧羊人在那儿捂着肚子笑。村民们发觉受骗，一个个摇头下山了。

没过多久，村民们又听到了牧羊人的求救声，大家又气喘吁吁地跑上了山坡，仍然不见狼的踪影，只见牧羊人比以前笑得更厉害了。牧羊人开这样的玩笑，大家都觉得很无聊，好在羊群好端端的没事，他们没说什么又扛起锄头回去了。而后，牧羊人又这样喊了几次，善良的村民们被他骗得筋疲力尽。回想着匆匆赶来的人们那惊惶的神色，牧羊人就忍不住笑翻在地。这个开玩笑的牧羊人最终自食其果。他想再骗大家一次，突然，有一头狼窜出来扑向羊群，危险真的来了。牧羊人惊慌地大喊，音调明显地高了许多。可人们再也不理会他了，以为他又是闷得发慌寻开心呢。牧羊人喊了好久没人来，只得眼睁睁看着羊一只又一只地被狼吃掉……

（[古希腊]伊索）

启迪智慧 真话与谎言的分水岭是“真”，守住“真”就是对自己的“心”负责，天护神佑，这就是大智慧！

点睛之句　你的钱本来是水给你的——现在，不过是又把它们收回去喽。

023 水的钱

一骗子在十字路口开了家小酒店。疲劳的旅客们路过这里，都进小酒店里歇歇腿，喝几盅酒。起先，骗子老板还拿点真的酒给顾客们喝——酒里面只稍微掺上一点水。后来，他见顾客们并不怎么挑剔，就拿水来给他们喝——只在水里面稍微掺上一点酒。

过了一年，骗子的钱包里已经塞满了金币，就关掉了小酒店，动身返回海外很远的家乡。他来到海港之前，买了一只小猴子做消遣，然后搭上了海船。海船，不断往大海里开着。吃午饭的时候，他待在海船的小饮食部里，扯开肚皮又是吃又是喝，只扔给那只小猴子两三颗核桃。吃饱喝足之后，他就走到甲板上躺下来小睡一会儿。可是刚刚躺下来，忽然想起了自己的钱。他摸出了怀里的钱包，放在头底下——搁在最保险的地方了。小猴子蹲在旁边，肚子饿得要命，瞪着眼睛紧盯住主人。它看见主人把一个包包藏进头底下，心里想：那里面大概是什么吃的东西。它焦急地等候主人

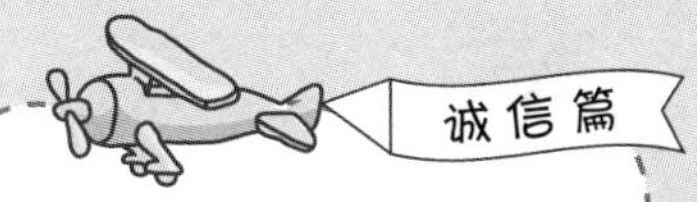

睡着。骗子真的睡着了，小猴子悄悄地把他头底下的钱包拖出来了。它把爪子伸到钱包里去，摸出了一个金币。它觉得很奇怪，把金币搁在牙齿上试了一下——这东西不能吃！小猴子生气了，它抓起钱包的带子，在头顶上挥了几圈，一下子就把钱包扔到海里去了。

骗子猛不丁醒过来，跳起来一看——装满了金币的钱包已经落到海里去了……已经沉下去了……他抱着脑袋，完全痴呆了。

这时，一个过去经常到那个十字路口的小酒店里喝酒的农民恰好也在船上，他目睹了这一幕，故意安慰骗子说："不要难过吧，朋友。你的钱本来是水给你的——现在，不过是水又把它们收回去喽。"

（保加利亚民间寓言）

启迪智慧 刻薄于人者必是福薄之人，宽厚待人者必是福厚之人。这是"水"告知我们的智慧。

兔子已瘦得皮包骨头，浑身无力了。

兔子和乌龟

“要想晴天、雨天都能过得痛快，我们最好找个小土坡，分两头从两边挖，挖成一个洞，这样，我们就能过上安逸的日子了。”一只兔子对乌龟说。

乌龟认为这的确是个好主意，就找了一个土坡，与兔子分头挖起来。

挖呀，挖呀！勤劳的乌龟挖得汗流浃背，气喘吁吁，可是狡猾的兔子却三心二意，挖了一层表皮土之后就溜走了。乌龟不停地挖了整整一个月，终于挖了一个大洞。可是，它确实太累了，走路几乎都挪不动步子。它很奇怪，挖了这么长时间，洞为什么还不通呢？就从洞里爬出来，看看兔子到底挖得怎么样。找了半天，不见兔子的影子，它明白了：兔子欺骗了它。

乌龟爬向河边，想喝点水，洗个澡，正好碰见兔子在洋洋得意地吃草。兔子说：“龟大哥，请原谅我吧，我还没有挖完哩！”乌龟并

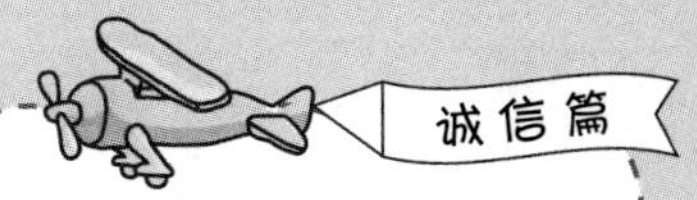

没有流露出生气的样子，平静地说："没什么，我想喝点水，不知你能不能帮我一下，拉着我的后背，免得我掉进河里去。"

"行！"兔子痛快地答应道。

乌龟慢慢地走到水边，漂在水面上，兔子使劲地拉着乌龟的后壳。乌龟装成喝水的样子，过了一会儿，它轻轻地脱掉外壳，往水里一钻溜走了。但是它的外壳仍然浮在水面，兔子以为它还在那里喝水呢。

一天过去了，两天过去了……一个星期过去了，水里连一点动静也没有。兔子正在纳闷，这时，蜥蜴从那里经过，问兔子："怎么回事，你拉着什么呢？"

"我拉着乌龟，它正在喝水哩！"兔子回答说。

"喝水？"蜥蜴惊奇地说："傻瓜，你不知道吗？你拉着的只是它的一张空壳，乌龟早就溜走了。"

兔子一听要多丧气就有多丧气，整整一个星期没吃没喝，它已瘦得皮包骨头，浑身无力了。

（坦桑尼亚民间寓言）

启迪智慧 一个谎言定会引出另一个谎言，这就是我们所说的报应。

点睛之句 “连您这样的百兽之王也不得不靠假装成圣人来过日子，对此我感到很伤心。”

森林里住着一只狮子。它已经三天没有捉到动物了，肚子非常饿。最后它想出了一个办法：它一边用嘴巴吹路上的土，一边往前走，让人看了以为它是一位修行的圣人。

狮子看到前面树上有一只猴子，吹土就吹得更加起劲了。它一边吹一边朝那棵树走去。猴子老远就看见狮子在朝自己走来。一会儿，狮子来到了树下。猴子问：“大王，这是怎么回事？你为什么一边吹土一边往前走？”

狮子回答说：“好兄弟，我这一辈子残杀了许多动物。我想，自己老了，应该为自己的过去忏悔赎罪。这地上生活着许许多多小生命，如果我不用嘴巴吹一吹，一脚踩下去准会踩死许多小生命。”

听了狮子的话，猴子大为感动。它从树上下来，准备给狮子磕头。狮子一看时机来了，一口就把猴子咬住。现在，猴子知道自己太愚蠢了，上了狮子的当。它十分难过，但是它急中生智，突然哈哈大笑起来。狮子听到猴子的笑声觉得很奇怪，问："你死到临头还笑什么？"

猴子回答说："大王，谁在这个时候笑谁就能上天堂。如果您笑了，您也能上天堂，而且还能赎清以前所有的罪孽。"

听了猴子的话，狮子信以为真，张开嘴巴哈哈大笑起来。猴子一看脱身的机会到了，就纵身一跳，跳到了树上。它坐在那最高的树枝上，哇哇地大哭起来。

狮子傻呆呆地望着，心里后悔极了。它已经饿了三天，好不容易抓到了一只猴子，可是自己却是这么愚蠢，白白地让它跑掉了。狮子心里非常难过，看到猴子在树上哭个不停，不由奇怪起来。它问猴子："哎，猴子，该哭的时候你笑；现在死里逃生，该笑了，可是你又偏偏哭了起来。你这到底是怎么回事？"

猴子说："大王，如今在这个世界上，就是连您这样的百兽之王也不得不靠假装成圣人来过日子，对此我感到很伤心。"

（印度民间寓言）

伪善的狮子败在瘦小的猴子面前，最关键是它丢了"诚信"二字。

点睛之句 偷一百金币毫不犹豫，拿一根稻草却问心有愧。

026 伪善的苦行者

一位热心的财主，把一位束发苦行者看成“有德之士”，在村边盖了一间修行的树叶屋，给他住下，并在家中用美味佳肴供养他。

由于惧怕强盗，财主把一百金币带到树叶屋来，埋在地下，说道：“尊者啊，请你照看一下。”苦行者回答说：“朋友，对于出家人不必这样叮嘱，我们从来不取他人之物。”财主对他的话深信不疑，说了声“好吧，尊者！”就走了。这个伪善的苦行者想：“这些钱足够我生活一辈子。”几天后，他把这些金币取出，埋在路旁一个地方，然后回来，照旧住在树叶屋里。第二天，他在财主家吃完饭，说：“朋友啊，我在你这里住了很久。久居一处势必与人亲近，而与人亲近是出家人的污点，因此，我要告辞了。”尽管财主再三挽留，他还是执意要走。最后，财主说：“尊者，既然这样，那就请便吧！”并一直送他到村口。苦行者走了一阵，又半路返回，手里捏着一根稻草。财主问：“尊者啊，你怎么回来了？”“朋友啊，从你家屋顶上掉下一根稻草，粘在我的头发上，出家人非施勿取，因此我回来还给你。”“扔掉得了，尊者啊，放心走吧！”财主心想：“连一根稻草也不拿人家的，真是一位有德的君子！”于是满怀敬意再送别苦行者。

一位圣者恰好借宿在这个村里。他听了苦行者说的话，感觉到不对劲，就问财主：“朋友啊，你委托那人保管过什么东西吗？”“是的，一百金币。”“那你去看看，还在不在？”财主跑到树叶屋，发现金币没有了。圣者说：“金币不会是别人偷的，肯定是那个伪善的苦行者。快去追！”于是，他们飞快地追上了那个伪善的苦行者，拳打脚踢，终于逼他交回了金币。圣者挖苦说：“你偷一百金币毫不犹豫，拿一根稻草却问心有愧，好一个有德之士！”

（印度民间寓言）

启迪智慧 区分伪善和真善，看的不是他的语言，而是他的行为；看的不是他一时的行为，而是他多方面的行为表现。

点睛之句 把金斧和银斧都拿去吧！这是对你的奖励。

027 斧子的故事

一个樵夫在河边砍树时，一不小心，将斧子掉进了河里，再也捞不上来了。

伤心的樵夫瘫坐在河边，一边哭一边祈祷："嗳，真主啊！我是一个穷人，我的饭碗掉到河里去了，请帮助我吧，使我重新得到这把斧子吧！"

真主满足了他的要求，于是，河里自动漂起一把金斧。这时，有一个声音说："拿去吧！这是你的斧子。"木匠摇摇头说："嗳，真主啊！这不是我的斧子。"接着,河里又浮起一把银斧。又有一个声音说："拿走吧！这是你的斧子。"木匠又摇摇头说："这把斧子也不是我的。"后来，河里又浮起一把木柄的斧子，木匠认出是自己的，喊道："对，这把斧子正是我的。"边喊边便伸手去接。真主见樵夫如此正直诚实，心里大为高兴。这时又隐隐传来一个声音："把金斧和银斧都拿去吧！这是对你的奖励。干活去吧！"

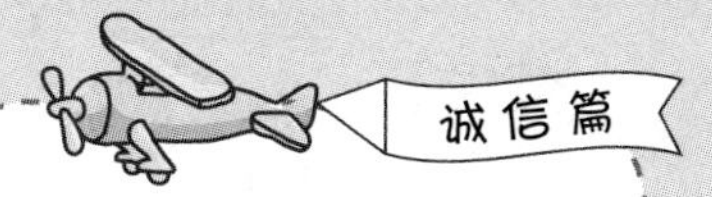

樵夫高高兴兴地回到家,向伙伴们讲述了这件事。

第二天,有个不诚实的伙伴来到河边,故意把一把斧子扔到河里,同时叫喊起来:“嗳,真主啊!我的斧子,我的斧子丢了!”这时,从河里漂起一把金斧,同时有一个声音说:“拿去吧!这是你的斧子。”这个不诚实的人边跑边说:“是的,这确实是我的斧子。”马上,有一个声音回答说:“你这个人品德不好,斧子不会自动漂到你的身边。你自己过来拿吧!”这个人刚抬起脚就滑了一跤,跌到河里淹死了。

(巴基斯坦民间寓言)

启迪智慧 诚实本分成就了这个樵夫,他是大智若愚;精明投机的人到头来一场空,甚至连命也搭进去,他是大蠢若智。

它想，这只山猫真是一个不可信任的家伙。

028 山猫借宿

一天，山猫出外寻食，捉到了一只鸡。夜深了，回家的路还很远，于是它来到林中朋友熊的家里，请求熊留它住一个晚上。半夜，山猫偷偷爬起来，把鸡吃了，然后把鸡毛藏在别的地方。天亮了，山猫起来和熊告别，接着就装模作样地去找鸡。鸡不见了，山猫立即大声哭喊起来，硬逼着熊赔鸡。熊想，既然朋友的鸡丢失在自己家里，那就只好赔了。山猫洋洋得意地吃了熊赔的鸡。

但山猫并没有因为占了一次便宜而满足。第二天，它又叼了一只鸡来到了熊的家，欺骗熊说，黄昏时迷了路，请求让它住一个晚上。熊不大乐意，说："我这儿地方狭窄，而且已经有好几个朋友住下了。"但经不住山猫一再恳切地请求，最后，熊也只能让山猫住下。到了半夜，山猫又偷偷地起来把鸡吃了，把鸡毛藏在别处。天亮了，它和熊告别，然后去找鸡。但哪里还有鸡呢！于是它大喊大叫起来，逼着熊赔鸡。熊没有办法，只得把自己的鸡赔给山猫，它

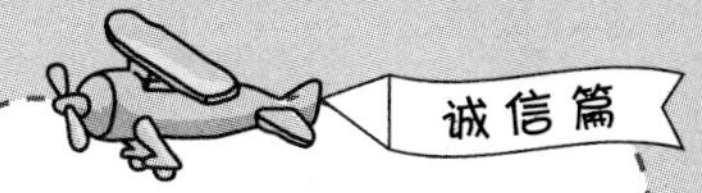

想,这只山猫真是一个不可信任的家伙。

第三天,山猫又叼了一只鸡来到熊家里要求过夜。这次熊很痛快地答应了。半夜,熊悄悄地来到窗口,它看到山猫正在大口吃鸡,吃完又把鸡毛藏到别处。熊装作什么也没有发现,依然回去睡觉。天亮了,山猫去和熊告别,接着就同上两次一样,大哭大闹要熊赔它的鸡。熊赶忙说:“好的,好的,你快进屋自己挑选一只肥大的老母鸡吧!”山猫高兴极了,立刻就进了屋。熊关上门,插上门闩,大步跨上前,一把抓住山猫的脖子,狠狠揍了它一个耳光。熊对山猫说:“这就是我赔你的肉,拿去吧!”说完,它把山猫高高举起,使劲摔到窗子外边。在朝霞映照的土地上,山猫抽搐了几下,就死去了。

(老挝民间寓言)

欺骗与贪婪催生了恶之花。

点睛之句 “谁能用这些种子培育出最美丽的花朵，谁便是我的继承人。”

029 捧着空花盆的孩子

很久很久以前，一位贤明的国王为一件事很伤脑筋，因为他已年迈，却没有孩子。有一天，他想出了一个办法，在全国挑选一个诚实的孩子，收为义子。他吩咐发给每一个孩子一些花种子，并宣布：“谁能用这些种子培育出最美丽的花朵，谁便是我的继承人。”

所有的孩子都种下了那些花种子，他们从早到晚，浇水、施肥、松土，护理得非常精心。有个叫雄日的男孩，也整天用心培育花种。但是，十天过去，半个月过去了，一个月过去了……花盆里的种子依然如故，不见发芽。

“真奇怪！”雄日有些纳闷，就问母亲：“妈妈，为什么我种的花种子不出芽呢？”

母亲同样为这事操心，她说：“你把泥土换一换，看行不行。”

雄日依照母亲的意见，在新的土壤里播下了那些种子，但是它们仍不发芽。

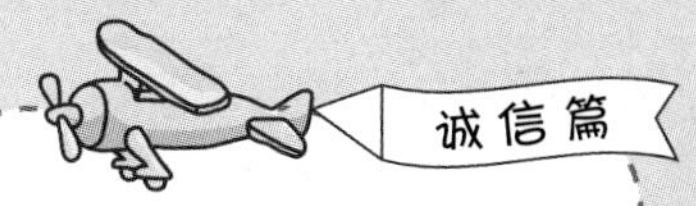

国王决定观花的日子来到了。无数个穿着漂亮服装的孩子们涌上街头，他们各自捧着盛开着鲜花的花盆，每个人都想成为继承王位的太子。但是，不知为什么，当国王环视花朵，从一个个孩子面前走过时，他脸上没有一丝高兴的影子。

忽然，在一个店铺旁，国王看见了正在流泪的雄日，这孩子端着空花盆站在那里。国王把他叫到跟前，问道："你为什么端着空花盆呢？"

雄日抽咽着，他把如何精心种花，但花种子却长期不发芽的经过告诉给国王，并说，这可能是报应，因为他在别人的果园里偷摘过一个苹果。

国王听了雄日的回答，高兴地拉着他的双手，大声地说："这就是我的忠实的儿子！"

"为什么您选择了一个端着空花盆的孩子做接班人呢？"大家问国王。

于是，国王说："子民们，我发给的花种子都是煮熟了的种子。"

听了国王这句话，那些捧着最美丽的花朵的孩子们，个个面红耳赤，因为他们播种下的是另外的花种子。

（朝鲜民间寓言）

雄日用"诚信"让我们看到了智慧的心花开放，香气扑鼻！

“真话最重！他的重量无法称量。”

030 话的重量

一天，真话、谎话、大话和空话相遇在一起。

大话的嗓子最响，讲得振振有词。

谎话的声音最美，讲得天花乱坠。

空话的中气最足，一讲就讲了一大套。

只有真话坐在那儿态度安详，一声不响。

忽然一位神仙走来，他带了一架天平秤，说道：“好哇！你们都在这儿。让我把你们称称，看谁的分量最重？”

大话抢先说：“大话一定重，当然我的分量最重。”

可是大话上天平秤一称，轻得不足半两，大话羞惭而下。

空话笑着说：“空话一定重，我讲得最多，当然我的分量最重。”

可是空话一上秤，重量等于零，他掩脸赶快退下。

“看我的！”谎话神气活现地说着，跳上了天平秤。奇怪，他的分量倒很不轻呢！但是神仙发现他的口袋塞满了花花绿绿的东西，

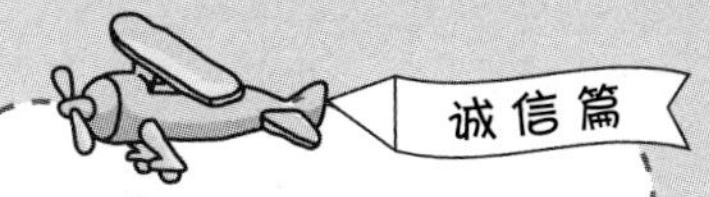

便说道:“把这些东西都拿掉!”

谎话没法,只得把口袋里的东西都抖出来,他的分量便轻了,也等于零。

神仙说:“真话,你过来称一称。”

真话一跨上天平秤,嗬!分量确实不轻,一连加了好几个砝码,还是称不出他的分量有多重。

神仙伸出大拇指,笑着说;“真话最重!他的重量无法称量。”

真话跳出天平秤,落地铿锵有声,把四周都震动了。

大话吓呆了,空话羞红了脸,谎话呢?早已逃得无影无踪了。

([中国]金江)

启迪智慧 话语的分量就是人心的分量,毫无疑问,真话的力量深入人心,无法称量。

四、友爱篇

西方一位学者，把人与人的关系比喻为豪猪与豪猪的关系，因为彼此身上有刺，不能靠得太近。这话把人间形容得太冷漠了。人间应是温暖的，温暖从哪里来呢？从友爱而来。友爱是阳光，是冬天里的一把火。友情的相惜，发自人的善良本性。它不以利益交换为前提，它是无偿的，同时，也几乎是永久的。作家说：天堂与地狱最大的区别是，天堂充满友爱，而地狱却没有。哪里有友爱，哪怕遇到危难，也会化险为夷。反之，哪里没有相互忍让、体贴和爱心，哪里就只有悲痛而无益的悔恨。食槽里的草料不多，马和牛为之争吵打斗不已，终至双双把自己送进狮子的腹中；驮货路上，身强力壮的骡子见死不救，以致差点被成倍的重负压垮。一群见利忘义的商人，自私冷酷到不惜以同船人的生命为祭品，换得安全返航，没想到海洋成了自己的坟墓。一群羊和一群狗构成了鲜明对比：羊相互友爱，共存共荣，而狗互相争斗，死个精光。友爱讲一个"善"字，心善才能给人友爱。人活在这个世界上，遇到几位心善的朋友是一大幸事。友爱、友谊、友情，往往只有在关键时刻才看出真假和深浅。困难得买不起棉衣的朋友，寒冬向朋友求助，真朋友会立即伸出温暖的手。两个声言要互相帮助的朋友，林中遇到危险，假朋友会抢先逃脱而不顾友情。给人真诚的友爱，可以感动甚至改变他人，小鸟陶其就是成功的范例。当然，友爱也有一个度，过度的友爱会酿成悲剧，比如故事中的珠鸡和狮子。友爱的大敌是嫉妒，人一嫉妒就使坏心眼，既害人，又害己，可别学那个缅甸陶匠！

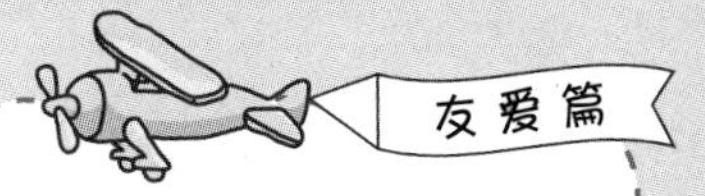

点睛之句　在危难的时候弃你而去的人，你千万不要和他做朋友！

031 黑熊的忠告

两个小伙子相约到村外的山上游玩。天空万里无云，阳光明媚。林中溪水淙淙，鸟鸣声声。两位朋友被森林的神秘和美丽深深吸引了，不知不觉走入森林深处。两人开玩笑说："要是遇见猛兽，咱们可得互相帮助哩！"

走着走着，背后传来一阵灌木枝叶碰撞的声音。两人转过身来，判断声音是从一棵大树后面传来的。

"好像是只狐狸，我去捉住它。这下，咱们冬天有好帽子戴了！"一个说着，就蹑手蹑脚地走了过去。还没等走到那棵大树边，"呼"的一声从树后窜出一个黑影。哎哟，原来是一头大黑熊。

离熊较远的那一个灵机一动，拼命地爬上了一棵大树，把自己隐蔽在浓密的树枝里，动也不敢动，刚才说过的"互相帮助"的话早已忘得一干二净。

地上的那个眼看就要被熊吃掉，突然，他急中生智，"扑通"一

声倒在地上，憋住气装成死人。他记起村里一位老人说过的话：熊是不吃死人的。熊用鼻子拱拱他的脸，又用爪子捅了捅他的腰，见他没有丝毫反应，就以为是一具死尸，闷闷不乐地走开了。

树上的那个看见熊确实走远了，这才从树上滑下来，他走到躺在地上的那个面前，嬉皮笑脸地问："伙计，看不出来你和狗熊还很有交情哩，刚才它贴着你的脸干什么？"

死里逃生的人看了看他，说："跟我说话呢！"

"跟你说了些什么话？"

"狗熊告诉我，在危难的时候弃你而去的人，你千万不要和他做朋友！"

（［古希腊］伊索）

危难是试金石，能试出友情的真假！

点睛之句　快把它俩吃掉，免得它们再继续忍受痛苦。

032 马和牛

事情发生在一个冬天，一家牲口棚的食槽边上，有头牛正和一匹马吵得不可开交。因为那天傍晚，主人在食槽里添的草料太少，马和牛便为此事吵起来。马对牛说："你给我滚远点，懒虫！今天晚上你别想吃到一根草。是我把这些草，从地里、从山上一捆捆地背回来的。什么，你敢不听我的？马上叫你尝尝我新钉的铁蹄的厉害。"牛却笑笑说："哼，你放聪明点，我的小骏马！如果说是你将这些草料和麦秸从地里运回来的话，那土地可是我翻耕的呀！当我拉着犁，在轭下呻吟时，你却像一个光天化日之下的小偷，白吃着草料。好吧，要是你认为不合适，不愿我们仍然像兄弟般地生活在一起的话，那我也绝不能让你挨到食槽边上来。怎么样？你敢不听我的话，我马上叫你尝尝这两只又长又尖的牛角的厉害！"马听了，火冒三丈，用后蹄对着牛腿猛地踢了一脚。牛当然也毫不客气地用角对准马的腰部狠狠撞去。就这样，它们俩打得鼻青脸肿。

最后，它们气冲冲地去找狮子评理。它们齐声叫屈："大王，天大的不公和委屈啊！你必须为我们主持公道，看究竟是谁有理。"接着，跳起来争着诉说争吵的经过。老狮子听完之后说："情况很清楚，由于你们不得不在一个食槽里共同生活，那就不可能一直和睦相处。你们看看，各自伤得多么厉害！"狮王转过头对自己的兄弟和儿子说："这样吧，亲爱的兄弟，请你把牛抓走；而你——我的孩子，你将马带走。快把它俩吃掉，免得它们再继续忍受痛苦。"

话音刚落，两只狮子准备扑上来。马和牛几乎同时喊叫："啊，大王，饶命吧！我们之间自己引起的争吵，也会自己和解的。"那两只狮子说："你们要是早明白这一点，也不会上这儿来了。如今，大王已作出了判决，要知道圣旨是不可抗拒的！"说完，立即扑上去将马和牛咬死了。三只狮子共同分享了它们的猎物。

（南斯拉夫民间寓言）

启迪智慧 真正的友情是相互关心，相互理解，相互包容。

对他人的困难幸灾乐祸，自己也会跟着倒霉。

033 骡和驴

一个商人出门做生意，骡和驴分别驮着沉重的货物上路了。

由于商人抄近路走，路上不是坑坑洼洼，就是杂草丛生，走起来很艰难。驴驮的货物与骡驮的一样重，而它的力气远远不及骡子。走了一程又一程，驴的确支持不住了，嘴里直喘粗气。而骡子昂着头轻松地走，不时幸灾乐祸地看看驴。

筋疲力尽的驴乞求骡子说："兄弟，请帮我减轻一点背上的负担好吗？"

"你是想让我帮你驮货物吗？"骡子问道。

"是的，你在困难时帮助我，我是不会忘记的。"

骡子不高兴地说："我背上的货物够沉的，你还想把你的放在我背上，亏你说得出口！"

"你，你总不能见死不救啊！"

"你死不死与我有什么关系？走你的路，别废话啦！"

“兄弟，别这样，还是帮我一把，我实在没有力气啦。”

“谁是你的兄弟？我与你从来没什么关系。马才是我的兄弟，你想同我攀兄弟，太不知天高地厚了吧！”

“兄弟，拒绝帮助他人，会受到惩罚的。”

“用不着你来教训我，还是想想你自己的事吧！”

驴继续艰难地往前走，又累又饿又困，背上的货物越来越沉。忽然，它眼前一黑，身子一歪，扑通一声跌倒在地。

骡子嘲笑说：“真是不中用的家伙！”

商人急忙跑过来，把驴背上的货物卸下来，又使劲地拉驴尾巴，想帮它爬起来，但驴一动也不动。原来，它已经死了。商人只好把驴驮的货物和死驴都放在骡子的背上，赶着骡子继续往前走。骡子驮这么多东西，没走几步就累得直喘气，浑身汗水淋漓。等到达目的地时，它已累散了架。

商人把死驴和货物卸下之后，骡子像一摊泥似的倒在地上。想起驴子对它说的最后一句话，它不禁感慨：“在顺利的时候，要体贴他人的难处，要尽力帮助他人，帮他人就是帮自己。对他人的困难幸灾乐祸，自己也会跟着倒霉。”

（尼日利亚民间寓言）

启迪智慧 助人即助己，损人亦损己，这就是与人相处的智慧！

点睛之句　千万不能向朋友提出太过分的请求。

034 珠鸡和狮子

狮子和珠鸡多年来一直友好相处，它们成了莫逆之交。

一天，狮子被大家推选做了国王。狮子叫自己的孩子去向珠鸡报喜，并请求珠鸡给它做一顶王冠，王冠要用和珠鸡翎毛一样漂亮的羽毛编结而成。

珠鸡很热情地接待了小狮子，一个一个地拥抱了它们。但听说叫它做顶王冠，又很吃惊：到哪儿去找跟自己的翎毛一样漂亮的羽毛呀？可是朋友的要求是不便拒绝的，考虑来考虑去，没有别的办法，只好叫妻子帮它将自己的翎毛全拔下来，做成王冠，送给了狮子。

珠鸡因此大病了一场，大家还以为它活不成了呢。过了好长时间，当新的翎毛逐渐长出来了，它的身体才又慢慢地恢复了健康。

这样一来，狮子和珠鸡之间的友情更加深厚了。

真是天有不测风云。一只小珠鸡生病了，而且病得很厉害。珠鸡和妻子领孩子去看病，医生说，想救孩子只有一个办法：用一只狮子的皮做药。

到哪儿去找一只狮子的皮呀？珠鸡想了好长时间，最后想到了它的好朋友——已经做了国王的狮子，决定请它帮这个忙。于是，珠鸡叫其他健康的孩子到王宫里去了。

狮子也很热情地招待了小珠鸡，和它们一个一个地拥抱了一下。它听到了小珠鸡的请求，也很吃惊。但它也不愿意让自己的好朋友失望，于是自己动手割起自己的皮来。

后来，生病的小珠鸡得救了，可狮子却因伤势过重丧了命。

这个故事告诉我们：千万不能向朋友提出太过分的请求。

（扎伊尔民间寓言）

启迪智慧 真正的友情是发自内心的惺惺相惜，是人的善良本性，断不会对朋友提出如此过分的请求。

点睛之句　如果他们经得起考验，我就饶恕他们。

有一个人非常贫穷，生活艰难，他受雇于商人，做了海船的向导。

一次，商人们下海寻求珍宝。他们采到不少宝贝之后张帆返航。船到半路，不知怎的停了下来，无论怎么划桨，船也不能前进。船上的大小商人莫不惊恐失色，以为是采宝而得罪了海神，于是连忙跪下祈祷，求海神放行。

船之所以不能行走，确实是海神在作怪。海神有心想惩罚这些见利忘义的商人，但船上这个穷人却是个好人，不应该受到牵连。想来想去，整整想了七天，想出了一条妙计。海神想："让我考验一下这些商人吧！如果他们经得起考验，我就饶恕他们。如果他们经不起考验，那我在施行惩罚时，不连累那个穷人。"

整整七天，船还是一动不动，商人们都急坏了。第七天夜里，船主做了个梦，梦见海神对他说："只要你们把一个活人送给我作祭品，我就放你们回去。”醒来后，船主把这个梦告诉了其他商人。商人们秘密商议：“我们这些伙伴都是亲戚或朋友，怎么能下手！现在唯一跟我们没有关系的就只有这位向导，只有让他作海神的祭品！”于是他们扎了个竹筏，在竹筏上放了些水和干粮，要那个穷向导坐上去。穷向导上了竹筏之后，船果然开动了。商人们拼命划桨，一会儿工夫，船就远离竹筏而去。

海神见到这一情况，便卷起一股大浪，把商人们的船打翻，使他们个个葬身鱼腹。同时，又吹上一股风，把穷人的竹筏推到了海岸边。

启迪智慧 人只有拥有“善”这个无形的财富，才能拥有物质的有形的财富。脱离了“善”，你将一无所有。

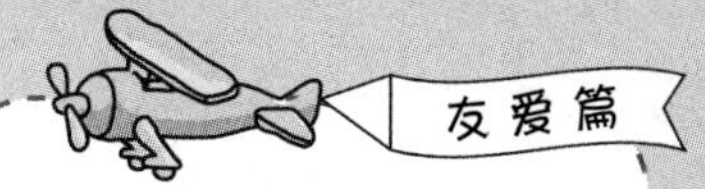

点睛之句　羊相亲相爱，这就是它们能够发展、兴旺的原因。

036 狗和羊

有一回，国王问自己的大臣："先生，要论下崽，狗要比羊下得多；可是为什么我们只看见成群的羊，而看不见成群的狗呢？你能告诉我这其中的道理吗？"

聪明的大臣回答说："国王陛下，你会知道这其中的道理的。"

到了这天傍晚，大臣当着国王的面把二十只狗关进一间屋子，在屋子里放了满满一筐烙饼；在另一间屋子里，大臣关了二十只羊，放了一筐草。大臣命人把两间屋子锁好，自己就和国王一起走了。

第二天早晨，大臣和国王一起来到这两间屋子前。大臣令人打开关狗的那间屋子，国王看见二十只狗都互相咬死了；那一筐烙饼呢，还好好地放在那里，一点儿也没动。接着，大臣又令人打开那间关羊的屋子，国王看见二十只羊互相紧紧地依偎在一起，睡得正香甜；筐里的草呢，早就吃光了。

大臣说："陛下，狗一个烙饼也没有吃，互相争夺，最后都死了；可是羊呢，它们相亲相爱地吃完草，就互相依偎在一起睡觉。这就是羊能够发展、兴旺的原因。狗呢，你争我夺，互不相让。兄弟之间有这么大的仇恨，它们怎么会发展和兴旺呢？"

（印度民间寓言）

启迪智慧 相亲相爱才是家族兴旺发达的根本原因。

陶卓无言以答，对自己的行为感到十分惭愧。

037 陶卓和陶其

在一棵花树上栖息着两只小鸟，一只叫陶卓，另一只叫陶其。每天早晨，两只小鸟飞出鸟巢，分头去觅食，谁找到了吃的，不论多少都要叼回鸟巢，到了晚上才共同分享。他们共同劳动、生活，双方友谊与日俱增。

有一天，陶卓得到它奶奶的一盒礼物，里面有美味的干虾，还有香甜可口的点心。于是，陶卓不再飞回鸟巢，它飞到另一棵大树上，把礼物藏起来悄悄地独自享受。到了晚上，陶其不见陶卓回巢，心中十分惦记。第二天一清早，下起了大雨，陶其冒雨飞出鸟巢一边觅食，一边寻找陶卓，心想：这雨可能要下好几天，我必须多找些吃的，好让陶卓吃个饱。傍晚时分，陶其飞过一棵大树，看见陶卓正栖息在那棵树上，就关心地问道："陶卓，你怎么啦？"已经吃饱了的陶卓欺骗说："哎呀，从昨天起，我的身体就不太舒服。"陶其说："噢，怪不得不见你回去。告诉你，我已找到好多食物，咱们回去一

起分着吃吧。”陶卓心想，奶奶送的礼物还没有吃完，便摇摇头说：“你先回去吧！”陶其只好失望而归。

过了几天，陶卓所藏的食物越来越少，盒子里只剩下一些点心渣了，它就把盒子扔到树下，点心渣撒落一地。陶其飞来，看见地上的点心渣就不厌其烦地一一捡起，然后对树上的陶卓说：“陶卓，你看我找到了许多好吃的点心渣，咱们一起分着吃吧！”陶卓听后，不好意思地说：“不用分啦，谁找到谁就吃吧！”陶其真心诚意地说：“我们是好朋友，有什么应该一起分享，你难道不是这样想的吗？”陶卓听了陶其的话，无言以答，对自己的行为感到十分惭愧。从此以后，陶卓再也不欺骗陶其，两只小鸟更加团结友好，相亲相爱了。

（老挝民间寓言）

启迪智慧 美好无私的心灵可以感化自私自利的心灵，这就是心灵成长的智慧！

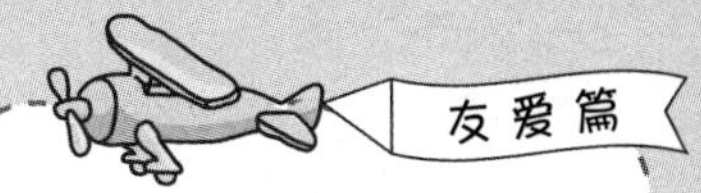

点睛之句　陶匠一个比一个厚地做下去，直到倾家荡产，心脏病发而死。

038 嫉妒的结果

一个洗衣工和一个陶匠是邻居。陶匠没有交上好运，而洗衣工的日子越过越红火。陶匠就生出了忌妒心，每到晚上，他躺在床上睡不着，最后想起一个叫邻居家破人亡的计划。

第二天早晨，他在街上一个显眼的地方站着，等候国王骑象路过那儿。国王来了，陶匠大喊："多害臊啊，瞧咱们伟大的国王骑在一头黑不溜秋的象上！这畜生本来可以请洗衣工师傅给洗白净的哟！"国王是个没有头脑的人，马上勒住大象，停下来问道："我的好百姓，你的意见的确不错。不过，能把黑象洗白的洗衣工师傅，到哪儿才能找到呀？""我的皇上，"陶匠回答道，"有个洗衣工师傅能干这工作，他恰巧就是我的邻居哩。"国王听了十分高兴，取下红宝石戒指奖给陶匠。

国王想到他将有一头白象了，心里十分兴奋，便调转象头，打道回宫。他立即叫人请来洗衣工，说："现在，你把这头象牵去洗吧，七天后要给我牵回一头白象。”洗衣工是个机灵人，一下子便明白准是那个陶匠在国王面前捣的鬼。国王见洗衣工迟疑着，就不耐烦起来，威胁说：“洗衣工，你怎么这么不痛快呢？你想保住你的脑袋吗？……”“我的皇上，”洗衣工回答，“能给您洗大象，对我既是无上的光荣，也是无穷的快乐。不过，我在考虑，得有一个能盛得下这象的大盆呐。”国王一听这话有道理，便同意了洗衣工的要求，把陶匠召到面前，命令他做个大盆，要大得能把大象装进去洗。

陶匠不得不花许多日子去做大盆。好不容易，盆做出来了。洗衣工把刷洗完的大象往盆里赶，可是象脚刚踏进盆，盆就被压成碎片。“陶匠，”国王命令说，“把盆做厚点。”但不管多厚，大象一踩，就马上裂成碎片。就这样，陶匠一个比一个厚地做下去，直到倾家荡产，心脏病发而死。

（缅甸民间寓言）

由嫉妒产生的欲望之火最终活活烧死了自己。

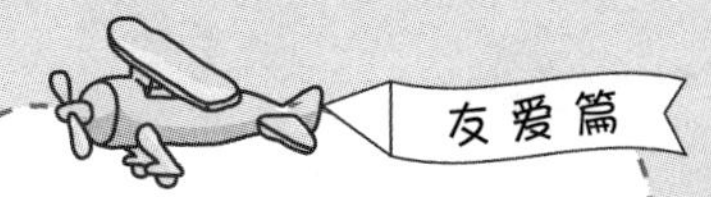

点睛之句　原来，天堂和地狱的分别，只是人们用勺子的方法有所不同。

039 天堂与地狱

一个人问上帝：“为什么天堂里的人快乐，而地狱里的人一点儿也不快乐呢？”

上帝说：“你想知道吗？那好，我带你去看一下。”

他们先来到地狱，走进一个房间，这时正是午饭时间，许多人围坐在一口大锅前，锅里煮着美味的食物。可每个人都又饿又失望：原来他们手里的勺子太长了，没法把食物送到自己的嘴里，虽然食物很可口，可是他们吃不到，所以一直很痛苦。

上帝说：“我们再去天堂看看吧。”

于是他们来到天堂，也是到了一个房间，他们看见的景象是这样的：虽然他们手里的勺子也很长，可是，这里的人都显出快乐又满足的样子。这个人很奇怪，因为这里和地狱没什么两样。

“感到奇怪吗？”上帝笑着说，“你看下去就知道了。”

晚饭时间到了，只见这里的人围坐在锅边，用勺子把食物送到了别人的嘴里。原来，天堂和地狱的分别，只是人们用勺子的方法有所不同。

（[中国]佚名）

启迪智慧 一念天堂，一念地狱，这一念指的就是人心的“善恶”与否。

点睛之句　我当时就有了一件比狐皮袄还宝贵十倍的棉袄。

040 三个朋友

有三个朋友，他们从小就在一块儿，都挺要好的，长大都分手到外地去工作了。其中有一个朋友，在一个寒冷的冬天里，生活上碰到了困难，他迫切需要一件棉衣。那两个朋友知道了，一个尽快地把自己身上的一件旧棉袄先寄去，免得那个朋友挨冻。还有一个朋友只寄去一封信，说了一大堆好听的话，信里还说：

"我只有一件棉袄，自己要穿的，等以后再想办法吧。"

后来，这个需要棉衣的朋友生活变好了，什么都不缺少了。他请来了那两个朋友，到家里做客。当时没有送棉袄的朋友，这回带来了一件崭新的狐皮袄，那个原来需要棉袄的朋友说：

"谢谢你的好意，不过，现在我什么也不缺少。我当时就有了一件比狐皮袄还宝贵十倍的棉袄。"

说完，他拿出那件旧棉袄给这个朋友看。

（[中国]金近）

启迪智慧 在困境中,寒冬里的一件旧棉袄带来的是人性中最美的一面,它的暖意远远胜过顺境中的一件新的狐皮袄。

五、协作篇

中国有句俗话，“一个和尚挑水吃，两个和尚抬水吃，三个和尚没水吃”。人多了怎么反倒没水吃了呢？问题就是不团结协作。为什么不团结协作呢？利益使然，人的贪婪本性使然。拉·封丹笔下那位有三个儿子的老人，是很有团结协作的人生经验的，可惜他的孩子们把老人的临终之言忘记了……这一类教训真是太多了。一条蛇，头和尾竟然比起高低来，以致倒着爬行而落入火坑被活活烧死；本应亲密合作的锁头和钥匙，互不买账，结果被主人一先一后扔进了垃圾堆；三只田鼠种白薯，都怕吃亏，都想占便宜，分工而不出力，白薯只有枯死。协作与不协作的结果大不一样，你看，当海里的鱼群齐心协力往前游，空中的鸟儿齐心协力往上飞的时候，渔夫和捕鸟者都奈何它们不得，而一旦因利益诱惑或目的不一致而放弃协作时，它们就无一例外地葬送了自己。几头牛协同御敌时，凶恶的狼根本无法接近，而一旦统一战线不存，就逐一被狼吃掉。一条大河横在面前，瞎子、独腿人单独行动肯定没法过，但各展其长、协调配合就成功地到达了彼岸。天鹅、梭子鱼和虾拉一辆小车本不成问题，但由于方向不一、各行其是，结果车子纹丝不动。大风给河边一处茅屋的所有构件上了一课：只有各尽其责，祛除贪婪的本性，团结协作，才能永远立于不败之地。没有协作精神，就不会有伟大的成功，而协作是建立在团结的基础上的。乡里人说得很朴素，一个篱笆三个桩，打虎要靠亲兄弟，道理不能说不深刻。

你们要团结，用手足情意把你们拧成一股绳。

041 老人和他的孩子

一个老人将不久于人世。他把三个儿子召唤到病榻前说："亲爱的孩子们，你们试试能否把这捆箭折断？然后我还要给你们讲讲把它们捆在一起的原因是什么。"

长子拿起这捆箭，使出了吃奶的力气也没折断，"把它交给力气大的人去吧。"他把箭交给了老二，二儿子接着使劲折，也是白费气力。小儿子想来试试也只是浪费时间。一捆箭没折断一根，还是老样子。

"没有力气的人。"父亲说，"你们瞧瞧，看看你们父亲的力气如何？"三个儿子以为是说笑话，笑而不答，但他们都误会了。只见父亲拆开这捆箭，毫不费劲地一一折断每一羽箭。

"你们看，"他接着说，"这就是团结一致的力量。孩子们，你们要团结，用手足情意把你们拧成一股绳。这样，任何人也不能打垮你们。"这是他在患病期间说话说得最多的一次。不久，他感到要

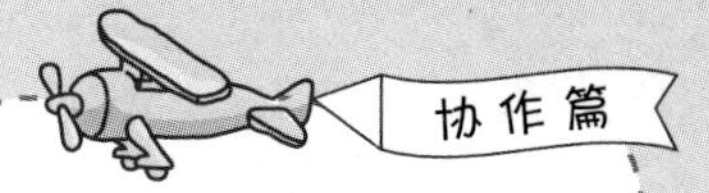

撒手西归了，就对孩子们说道：“亲爱的孩子们，我要走了，永别了。答应我，你们起誓：要亲如手足，在临终前我要得到你们的回答。”三个儿子哭成泪人般向父亲保证，父亲一一拉着他们的手，溘然长逝了。

三兄弟清理物品时，发现先父留下的遗产相当多，但留下的麻烦也不少。有个债主要扣押财产，另一个邻居又要到法庭起诉。开始时，三兄弟还能协商处理，问题很快得到解决。然而这兄弟之情是如此地短暂，虽有共同的血统，但各自的利益促使他们分离。欲望、忌妒和法律问题困扰着三兄弟，他们争吵、分家，致使法官在许多事情上对他们一一给予很重的处罚。不团结的兄弟们内部分歧更大，互相使坏，最后他们丢失了全部家产。当他们想起捆在一起又被拆散的箭和父亲的教诲时，已为时晚矣。

（[法国]拉·封丹）

启迪智慧 团结最大的敌人就是“利益”，想得到更多的贪婪只会让自己一无所有。

点睛之句　这样一来，网就落到了地面上，捕鸟者立即收紧网，抓到了不少鸟。

042 机灵的捕鸟者

有一天，一个捕鸟者在小麦田里撒开一张大网，太阳下山前，麦田上飞来了各种各样的鸟，捕鸟者拉一下绳子，鸟就都在网里了。但鸟很多，它们齐心协力地从地上飞起，结果，带着网飞到了空中。因为它们拖着网，所以飞得很慢。捕鸟者见此情况，就一边不时地望着天上，一边跟着鸟走。他走过了村庄后，遇到了一个行人。

“朋友，你那么急到哪儿去？”行人问他。

“我要捉住那群鸟，它们把我的网带走了。”捕鸟者答道。

“你的理智在哪里？”行人惊奇地问，“你没有看见它们飞得又高又心齐？你是怎么也捉不到的！”

“我们瞧吧！我们瞧吧！”捕鸟者高声说完，又往前跑了。

太阳西下时，鸟要找地方过夜了。

“我们飞到河边去吧，”野鸭子建议说，“河上有非常好的芦

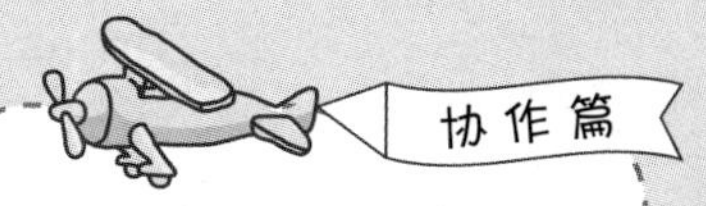

苇。”

“最好还是到香蕉林里去过夜。”鹦鹉说。

“我们想在沼泽里过夜!”朱鹭叫道,“那里有肥壮的青蛙!”

“我们要到香蕉林里去。”另一些鸟争着说。

“我们要到沼泽去。”还有一些鸟坚持说。

它们争了好久,但怎么也不能决定下来,野鸭看到右边有河,就往河里飞;这时鹦鹉往左飞,要到香蕉林去;朱鹭往后飞,要到沼泽里去。

这样一来,网就落到了地面上,捕鸟者立即收紧网,抓到了不少鸟。他把猎物放在肩上,第二天便到市场上去卖了。

(西班牙民间寓言)

在团队中,太有个性不从大局出发的人往往会成为致命伤。

点睛之句　方向不一致，使的劲儿再足也互相抵消了。

043 天鹅、梭子鱼和虾

共同完成某项任务，如果意见不一致，力不往一处使，结局会很糟糕。

一天，梭子鱼、虾和天鹅奉命要去把一辆小车从大路上拖下来。怎么个拖法呢？梭子鱼把一根缚在车子中间的绳子系在自己的鳃上，虾把一根缚在车尾的绳子和自己的触须结在一起，天鹅则把一根缚在车前的绳子套在颈里。就这样，三个家伙各就各位准备就绪，同时起步拉动这辆小车。但是，尽管它们都使出了吃奶的力气，无论怎样地拖呀，拉呀，推呀，车轱辘就是一动也不动，小车像只癞蛤蟆似的待在老地方。它们都挺奇怪，谁也没有偷懒耍赖皮，一个个青筋暴突，累得气喘吁吁。无可奈何的是，那小车如在地上生了根，根本不理会它们的任何努力。

其实，倒不是小车重有千斤，而是另有缘故：天鹅使劲儿往上向天空直冲，虾则一步步向后倒拖，梭子鱼又朝着池塘拉去。方向

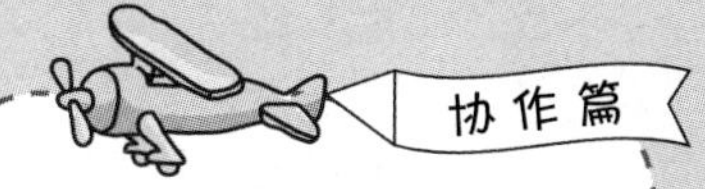

不一致，使的劲儿再足也互相抵消了。

（[俄罗斯]克雷洛夫）

启迪智慧 在团体中，如果方向不一致心不齐，失败是必然的结果。

点睛之句 三头牛团结得很紧，把角向前伸着，使狼无法接近。

044 三头牛和狼

冬天，三头离开畜群的牛找不到回村的路了。

狼知道了这件事情，很是高兴。“嘿，我交了好运！”狼说，“肉送上门来了。”

狼开始在三头牛身边磨蹭。三头牛发现后，就站成一个圈子，把坚硬的角顶向外面，这样狼就无法靠近它们。狼转啊转的，因无从下手而走开了。

下了几场雨后，食物更少了。狼饿得不行，肚子瘪了下去，都快贴到背脊了。它不离开这三头牛，可是只能流着口水，咬着牙，却奈何它们不得——三头牛团结得很紧，把角向前伸着，使狼无法接近。

狼想了一个诡计：当两头较小的牛离开另一头远些时，就抓住机会对它俩说：“再过几天，就要下雪了，那时草料就更少了。而那头现在离开你们的牛，要吃很多草才能吃饱。瞧，它有多肥多胖哪！等它把全部草料都吃完，你们两个只有饿死了。让我把它吃掉不

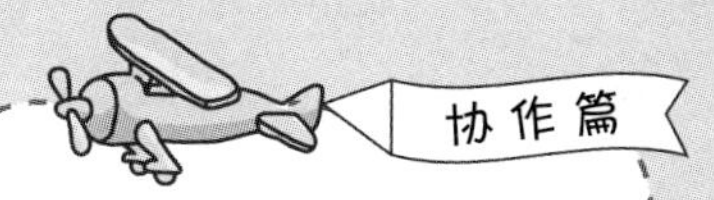

是更好吗？那样，你们的草就可以更多了，而我也可以饱吃几天。”

“你说得很对。”那两头牛说，“吃掉那头老牛吧，我们不来妨碍你。”

狼就把老牛撕碎了。

初雪已经下了，狼早就啃完了最后一根牛骨头。它又在动脑筋找肉吃了。狼紧跟着另外两头牛，一心想吃掉它们。可是它们并排站着，把角伸向前面，团结得很紧，不让狼靠近。

狼又想了一个诡计：它在最小的那头牛身边打转，轻轻地说：“瞧，很快又要下雪了，草料几乎要没有了。如果你让我吃掉你的朋友，这些草就够你吃到新草长出来，而我也可以维持到春天。”

小牛相信了这话，走到一边，狼就把小牛的朋友撕碎了。

狼很快就啃完了最后一根骨头。这次它一点也不着急，它知道食物跑不掉。狼走到小牛吃草的空地，对它说：“我很可怜你，小朋友，我本不想把你吃掉，可是没有办法啊——我把肉吃完了，而你的草也快吃完了。我们两个反正都要饿死，还是让我吃掉你吧——这样我也许可以拖到春天呢！”

说完这话，狼就跳到小牛的脖子上，把它也撕碎了。

（阿尔巴尼亚民间寓言）

狼之所以能够吃到三头牛，是因为它善于抓住心的弱点——贪婪，私念。

点睛之句 瞎子和跛子靠着相互的协调与配合，各展所长，蹚水过了河。

045 瞎子与跛子

有两个人一道外出，他们中一个是瞎子，一个是跛子。他们走到一条河边，不得不停了下来。跛子说：

“我们走到一条河的河边了。河上没有桥，我们没法过河，要蹚水过去是说什么也不行的。这里的水不浅。我只有一条腿，你又看不见。要是蹚水，我们两个都得淹死。”

瞎子左思右想，一会儿之后，他问同伴道：

“你好好瞧瞧，看附近有没有浅水滩？”

“哎，下游倒是有浅水滩，可那儿的水流得并不慢，只有腿脚好使才能过去。”

“你把我领到那儿去吧！”瞎子说。

跛子牵着他的手，领着他向下游走去。他们走到河边的浅水处时，瞎子说：

“我有两条好使的腿脚，你有一双好使的眼睛。你趴到我背上，

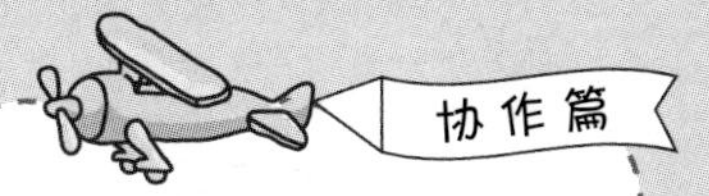

告诉我向哪儿迈步，我就可以把你驮到河那边去。”

他们说什么就做什么。瞎子和跛子靠着相互的协调与配合，各展所长，蹚水过了河，然后又继续赶他们的路去了。

（保加利亚民间寓言）

启迪智慧 协调与配合，各展所长是成功的法宝，是大智慧。

点睛之句 不顾整体利益，互相争功出风头，结局必惨。

046 头尾争大

有一条蛇，它的头和尾巴在气势汹汹地争吵。

头说："我应该是老大。"

尾巴说："我也应该算老大。"

"你做梦！"头咬牙切齿地说，"我有耳能听，有目能视，有口能食，爬行时非我在前不可。你有什么本事？"

"嘿嘿，"尾巴冷笑着说，"我让你爬，你才能爬！"

"胡说，我照爬不误！"

"好极了，那咱们就试试看。"尾巴说着就将自己在树木上紧紧绕了三圈。头拼命朝前挣，可是无论如何也爬不动。

一天、两天过去了。头吃不到食物，饿得精疲力竭，只得软下口气对尾巴说："快放了吧，我拜你做老大。"尾巴这才放开树木。头便对它说："你既为老大，理当爬在前面。"

"那当然！"尾巴得意地说。

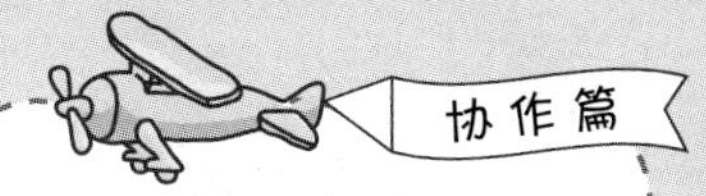

于是，这条蛇就尾巴在前地倒爬起来。可没爬出几丈远，就掉进一个火坑里，活活被烧死了。不顾整体利益，互相争功出风头，结局必惨。

（印度民间寓言）

启迪智慧 头和尾巴本是一个整体，天下众生本是一个整体，损人亦损己，只有团结友爱才能和谐幸福！

点睛之句　在灾难面前，最重要的是互相帮助，而不是看不起别人。

047 茅屋

河岸上立着一所茅屋。有一天，屋子的各个部分忽然争起来。

楼板对草墙说："假使我不在这里，你能做什么事情呢？什么也不行！"

草墙说："是吗？假使没有我来保护你，你有多少用处呢？"

在它们吵闹时，柱子插嘴了："你们吵什么？我比你们更重要，是我把你们两个从地面上支撑起来的。"

草墙和楼板一齐讪笑柱子说："不要吹牛皮啦，看你的脚是多么肮脏！"

这时候，屋顶醒来了，它听到争吵，长长叹了口气说："难道你们没有看到，是我在保护着你们不被日晒雨淋吗？"

后来，连接全屋的篾绳用尖细的声音说："假如不是篾绳把你们连接在一起，你们会怎么样呢？"

"好啦，好啦！"柱子不耐烦地说，"请告诉我是谁把你们支撑起来，使得洪水和野兽都不敢侵犯你们的？是谁把你们背在它的背上？既能负重，又不愿夸口的？”

这些话使得整个茅屋的各个部分都非常生气，谁也不愿意沉默了。整个屋子里的吵声就更大了。

正当它们争吵的时候，忽然刮起了大风。草墙害怕得发抖起来，柱子害怕给拔起来，屋顶恐怕棕榈树叶子给风吹掉，都吓得叹起气来。

但是，屋顶实在用不着忧虑，因为结绳把它们绑得很牢靠。柱子已把它的脚插到更深的地里。草墙虽然抖动得很厉害，但也能抵挡住强有力的大风。楼板虽然有些吃力，也和整个屋子一起坚持到大风停止。

大风已经刮过去了。屋顶说：“看见了没有？在灾难面前，最重要的是互相帮助，而不是看不起别人。我们都应该更好地尽起责任，只有这样，大家才能和平、安静和友爱地生活在一起。”

说完这些话，屋顶就张开胸怀，暂时休息了。现在已经没有什么可吵的啦，因为屋子的每一个部分都上了一课，受到了事实的教育。

（菲律宾民间寓言）

启迪智慧 在集体中，不居功，不自傲，团结互助才能应对灾难。

有些人能够患难与共，但在某种利益的引诱下，便互相争夺。

渔夫在江面上撒网，网住了一大群鱼。

落网的鱼儿扑腾着、挣扎着，一条金鳞大鲤鱼喊道：

“伙伴们，我们的生命危在旦夕！要想逃命，请大家跟随着我，一齐向着太阳升起的方向游吧！”

惊慌失措的鱼儿们，听了鲤鱼的话，便一齐掉头向东，奋力向前游去。千百条鱼儿的力量，加在一起是巨大的，那张渔网竟被它们拖跑了。

紧拉着渔网的渔夫和他的妻子，以及他们的小船，都被强大的鱼群拖向东方。

“怎么办？”渔夫的妻子焦急地说，“它们会把我们拖到大海里去的！海浪将打翻我们的小船！”

“别着急，”渔夫镇静地说，“你立刻把鱼饵往水里抛吧！”

他的妻子把船上的鱼饵，一把一把抛进水中。鱼儿们看见了

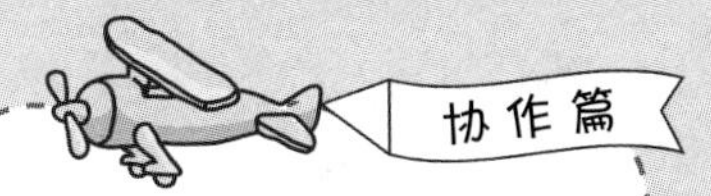

美味的鱼饵，便停止前进，纷纷争抢起来，在网里乱成了一锅粥。

“哈哈！”渔夫笑了，对他的妻子说，“来吧，亲爱的！现在是我们打捞它们的时候了。”

夫妻俩收拢渔网。几分钟以后，那一大群鱼就都躺在船里了。

有些人能够患难与共，但在某种利益的引诱下，便互相争夺，可悲！

（[中国]刘厚明）

启迪智慧 利字头上一把刀，殊不知眼里没有“爱”只有利益，所有的利最终将化为无。

不密切配合，对谁都没有好处。

锁头和钥匙

锁头和钥匙是一对亲兄弟，在长期的共同生活中，他们互敬互爱，亲密无间，合作得非常好。

一天，主人同一位客人回家，来到房门口，主人掏出钥匙去开门。客人见了牢固的大锁头，赞扬说："呵，你家的铁将军真棒！有它把门，万无一失了。"锁头听了很得意，可钥匙听了很不是滋味，再看见锁头得意的样子，不由得十分生气，说："哼，你美个屁！要是没有我，你就成了一块废铁！"锁头马上反唇相讥："怎么，你嫉妒了！你没能耐，就靠边站好了！"

从这时起，这一对亲兄弟变成了仇敌，不再亲密合作，主人经常费了很大力气才能把门打开。一天，主人突然找不到钥匙了，只好用铁锤把锁头砸开，然后把废锁头扔进了垃圾堆。这时，藏在兜缝里的钥匙见了十分开心，心想："这回让你美！"过了一会儿，钥匙从兜缝里被抖了出来，可是还没等它弄清主人要它干什么，就也被扔进了垃圾堆。

在垃圾堆中，锁头和钥匙见面了，它们面面相觑，默默无言，谁也不知它们心中都在想些什么。也许，它们最终会明白：不密切配合，对谁都没有好处。

（[中国]王少文）

启迪智慧 "上善若水"，宽厚待人，与人密切合作，才能共赢。

点睛之句 长出来的一些小白薯，慢慢给啃光了，白薯秧也枯死了。

050 田鼠和白薯

三只田鼠，栽了六棵白薯秧，它们开会商量好，一个管浇水，另一个管除草，第三个管施肥。还订出计划，准备到秋收的时候，每只田鼠能分到五个大白薯。

开头一些日子里，这三只田鼠真的好好浇水、除草、施肥，白薯秧也一天天在长。后来，浇水的田鼠想，为什么老要浇水呢？少浇些水，谁也看不出来。除草的田鼠也想，等野草长得多些再除掉，也来得及。那个管施肥的田鼠，悄悄对自己说，野草不施肥，不是也长得很好吗？为什么白薯还要施肥？它们对白薯长得有多大，倒非常关心了。每只田鼠趁另外两只田鼠不在的时候，就偷偷地打个洞，摸到地下的小白薯，先咬几口吃，再把土扒好，谁也看不出这里是打过洞的。

三只田鼠都是这样想，这样干，长出来的一些小白薯，慢慢给啃光了，白薯秧也枯死了。等它们碰在一起的时候，都这样问：

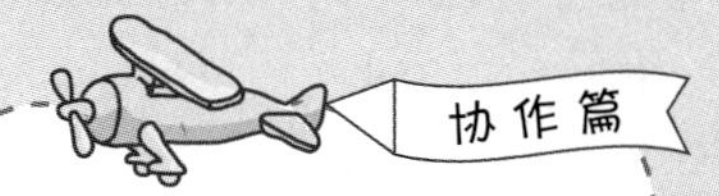

“这是怎么回事？白薯秧枯死啦？”

三只田鼠这样做，真正倒霉的是谁呢？这一点起码的道理，它们都还不知道。它们倒是这样想，幸亏先吃到一些小白薯，要不，连这一点儿也吃不到了。

（［中国］金近）

启迪智慧 福由心生，多一点本分，多一点合作，万事皆成。

六、自律篇

有人说，人最大的敌人是自己。在某种程度上说，一个好人就是一个能管住自己、抵制诱惑、战胜自我的人。自律，就是严格要求自己，比如在利益面前不贪。狐狸贪馋园中甜蜜的葡萄，进洞、出洞都必须以饿得瘦骨嶙峋为代价，岂不是自我折磨？小飞虫抵制不了猪笼草中香蜜的诱惑，结果葬身囊内。渔夫贪得意外之财，不知道及时缩手，把命也丢掉了。这些都可以引为鉴戒。自律不只是成年人的事，一个人从小就要注意自律。俗语说：小时偷针，长大偷金。小错不改日后会犯大错，印度古时候一个盗窃国库的罪犯，就是从偷一枚针开始的，被杀头的时候他咬掉了母亲的耳朵。抵制诱惑还是消极的自律，积极的自律是严格修为。埃及一个出门寻找幸福的青年，在漂泊的路上逐渐认识到幸福必须求之于自己：不依赖他人，不恶语伤人，不责怪环境。穷人阿巴斯心存不劳而获的幻想，祈求真主给他触物成金的魔力，结果他反而无法生活，幸亏他及时从梦中醒来。类似的人生哲学课，一位智慧的老人也在海滩给一个想自尽的青年上了一课：只有不断完善自己，成为一颗“珍珠”，才能得到社会承认。贪图安逸，不思进取是没有出路的，克雷洛夫的“河流”和“池沼”就是正反典型。那只躺在湖冰上的驴子，没能战胜自己的懒惰，结果冰裂而沉入湖底。力大无穷的美洲豹，没能管住自己的狂劲，差点被更强大的雷电所毁灭。许多事实告诉我们，能自律者方能自立。

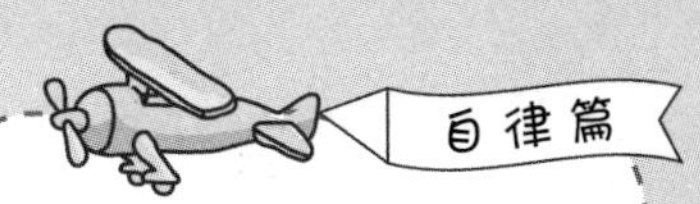

点睛之句　再见吧，再也别想见到我了！你尽管有那甜蜜的果实，但对我又有什么好处呢？

051 狐狸和葡萄园

有一只狐狸来到一座葡萄园前。只见园中葡萄垂挂，颗颗饱满。可是葡萄园的四周围着重重的篱笆。狐狸围着葡萄园转来转去，终于在篱笆底上发现了一个洞。它拼命地想朝里钻，可是这个洞实在太小了，几乎连脑袋都钻不进去。狐狸气急败坏地拼命往里挤呀，钻呀；再次钻呀，挤呀——仍是白费劲！狐狸只好自言自语道："哎，要是我能变得瘦一些，就能钻进这个洞了。"

于是，狐狸开始不吃不喝。过了三天以后，它真的变得瘦多了，那胳膊已细得像根脱皮的小木棍。它高高兴兴地重新来到葡萄园，再次往那个小洞里挤。这次总算让它侥幸地进入了葡萄园。狐狸拼命地大吃起来，好好地补偿了挨饿的痛苦。它在葡萄园里尽情享受，过得非常痛快。

收获葡萄的季节临近了，狐狸担心会被葡萄园的主人发现。它走到洞口，想重新从洞里逃出去。可是你瞧：它刚好只能将脑袋

钻过去。这几天，它的身体又变胖了，以致无论怎么使劲，也钻不出去啦。狐狸伤心地缩回脑袋，只好决心重新开始不吃不喝。它一直饿到终于像钻进洞来的时候那么瘦了，这才逃出了葡萄园。狐狸钻到外面，忧伤地朝葡萄园望了最后一眼，叹息说："再见吧，再也别想见到我了！你尽管有那甜蜜的果实，但对我又有什么好处呢？我出来时还是同进去时一样地消瘦。"

饿得瘦骨嶙峋的狐狸，头也不回，伤心地离开了葡萄园。

（希伯来民间寓言）

启迪智慧 所有外相的甜美，到头来都是一场空，唯有美德与智慧才会让人生开出绚丽之花。

由于懒惰不去解决小问题，必将遇到大困难。

驴子和冰

可怜巴巴的驴子干了一整天活，也没有休息。

“赶脚的人拼命使唤我，”老实的驴子想，“哎，反抗不了他的棍子呀！”

驴子继续驮着货物。

黑夜降临，驴子连回牲口圈的力气都没有了。

正是隆冬季节，非常冷，所有的道路都结了冰。

“我就待在这儿，”驴子倒在地上说，“我一点力气也没有了！”

一只寻食的麻雀从这儿经过，它跳到驴子的耳朵上说：

“驴子，你睁开眼睛瞧瞧，你躺的地方不是道路，是冰湖。千万小心啊！”

驴子困得要死，累得要命。它打了一个带响的大哈欠，一下子就睡着了。

“啊，蠢驴！”麻雀大声地说。

驴身上的热量一点一点地暖开了冰，突然，咔嚓一声响，冰裂开了。可怜的驴子惊醒了，可是，它已经掉进冰水里。拯救它已经来不及了。驴子最后淹死了。

由于懒惰不去解决小问题，必将遇到大困难。

（[意大利]达·芬奇）

启迪智慧 强大的自制力来自直面困难的勇气，懒惰永远与之无缘。

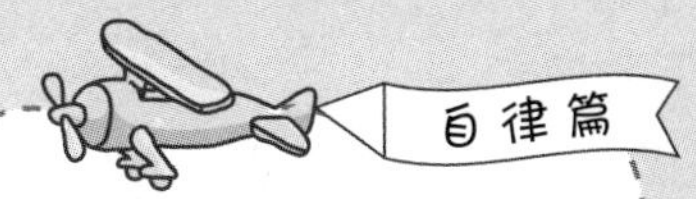

水只有流动才能保持新鲜。

053 池沼和河流

“这是怎么回事呢?”池沼问它附近的河流,“亲爱的姐姐,你一定累得要命吧!我老是看到,你一忽儿背着沉重的大船,一忽儿负着漫长的木筏,在我眼前奔流而过。小船小划子更不用说了,它们多得没有个穷尽。你什么时候才抛弃这样无聊的生活呢?换了我啊,可真要把我烦腻死了,我宁可干涸掉!

“像我这样安安逸逸的生活,难道你到别处还找得到吗?我承认自己并不出名,我没有蜿蜒流过整幅地图,弹琴的也不歌颂我的名声。可是这些个虚名果真有什么实惠吗?我,舒舒服服悠悠闲闲地荡漾在柔和的泥岸之间,好比高贵的太太们窝在沙发的靠枕里一样。大船小船也罢,漂来的木头也罢,我这儿可没有这些无谓的纷扰,甚至小划子有多重我也不知道哩!至多偶尔有几片落叶漂浮在我的胸膛上,那是微风把它们送来和我一起休息的。一切风暴有树林挡住,一切烦恼我也沾染不上,我的命运是再好不过的了!

周围的尘世不断地忙忙碌碌，我却躺在哲学的梦里养神休息。”

“哲学家，你既然懂得道理，可别忘了这一条法则，”河流回答道，“水只有流动才能保持新鲜。如果我成了伟大壮阔的河流，那么，就是因为我并不躺在那儿做梦，却按照这个法则川流不息。结果呢，我的源源不绝的水，又多又清的水，一年复一年地给人们带来了幸福，因而赢得了光荣的名誉，或许我还要世世代代地川流不息下去；那时候，甚至你的名字也不会有人知道了。”

河流的话果然应验了，壮丽的河流仍旧川流不息，池沼却一年浅似一年。池沼面上浮着一层黏液，芦苇生出来了，而且生长得很快，池沼终于干涸了。

（[俄罗斯]克雷洛夫）

启迪智慧 流水不腐，户枢不蠹。要想保持活力，便永远不要停下前进的脚步。

他不花任何劳动得来的黄金，还没来得及享受一番呢！

阿巴斯是一个穷苦农民，他为了养家糊口，一天到晚干活。他老是想着摆脱穷困的办法。

有一个大热天，阿巴斯像平常那样在田里干活，他感到十分疲劳，就坐在树下，想：如果真主阿拉给我一种魔力，使我用手触到的东西都变成黄金，我就不用这么苦干了，就能过着满足而舒服的日子了。

这时，他突然听到说话声：

“阿巴斯！现在你可以得到你所要的东西了。只要你把手一放到任何物品上，它马上就会变成纯金。”

阿巴斯不相信自己的耳朵，但他还是从地上拾起一块小石头。当他的手刚刚碰到石头，石头马上就变成了纯金。然后，他又碰了一块石头，石头又马上变成了一块黄金。阿巴斯心里可高兴了，心想：我马上进城去，要把所有的灰尘和石头都变成金子，然后买许多田，在河岸上盖一座宫殿，周围都是花园。我还要买许多骏马，给它们穿上漂亮的衣服……

这时他想站起来，但感到累得要命，又饿又渴，他明白自己是走不动了。他想吃一点早晨从家里带来的东西，伸手拿了一块饼，但放进嘴里的饼却变成了金子，根本不能吃。

袋里还有两棵大蒜。但当他的手碰到大蒜后，大蒜也变成了金子。他是多么懊丧啊！阿巴斯害怕了，在这一片金子的世界里，他怎么生活呢？这样下去，他很快就要饿死渴死了，而直到那时，他不花任何劳动得来的黄金，还没来得及享受一番呢！

阿巴思越想越害怕，突然，他睁开眼睛，看见自己是躺在树影下，明白自己原来是在做梦。他深深地叹了一口气，肩上好像卸下了一座大山。他自言自语地说：

“幸好这一切都是梦！”

（阿拉伯民间寓言）

启迪智慧 摆脱穷困的最好办法不是不劳而获，而是勤奋加上积累美德。

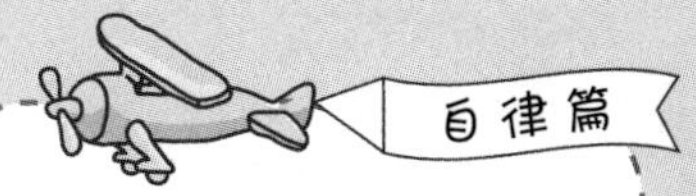

点睛之句　自己变美了，周围的一切也会变美，那时你的幸福就来了。

055 寻找幸福

儿子问:“父亲,你告诉我,怎么才能使生活幸福?”

父亲答:“你离开家乡去寻找吧,到时候你会找到的。”

于是,儿子真的就出外寻找幸福去了。他走到河边,遇到一匹瘦弱的老马,马问他:“青年人,你到哪里去?”

“我去找幸福,也许你能告诉我怎么找吧!”

“小伙子,你听我说。”马回答说,“我年轻时,只知道贪图安逸和享受,我连头也不必转向食槽,就会有人把吃的草料喂进我嘴里。当时我认为世界上自己是最幸福的了。可现在呢,老来没人管了,陪伴我的只有饥饿和痛苦。唉,千万别学我呀,年轻时不要享受别人准备好的现成的东西,一切都要自己努力,否则,就不会有幸福。”

青年人继续走了很多路,又碰到一条蛇,蛇问:“小伙子,你到哪里去?”

“去寻找幸福。你说,我该到哪里去找呢?”

“你听我说吧,我曾经为自己拥有毒液而自豪,因为大家都怕我,就误以为比谁都行。后来才知道大家都恨我,都想杀死我。我很害怕,所以总是避开大家。你的嘴里也有毒液,因此你要当心,不要用恶言恶语去伤害别人,这样你就一辈子没有恐惧,不必躲躲闪闪,这就是你的幸福。”

青年又继续朝前走。走啊,走啊,看见了一棵树,树上有一只鸟,它的浅蓝色羽毛非常鲜艳、光亮。

“小伙子,你到哪里去?”鸟问。

“去寻找幸福。你知道哪里能找到幸福吗?”

鸟回答说:“小伙子,你满脸灰尘,衣服脏破,人也瘦了,在路上走了很多日子吧,这样子,幸福是不会来的。请记住:要努力使你身上的一切都变美,自己变美了,周围的一切也会变美,那时你的幸福就来了。”

听完鸟的话,青年不再往前走了,而是踏上了回家的路程。因为他已懂得:幸福就在自己身边。

(埃及民间寓言)

启迪智慧 福自我求,改变自己才能改变世界,改变的钥匙就是“无私的爱”。用爱让自己更幸福,让爱使世界更美丽!

强中自有强中手，还有比你更伟大的强者呢！

056 美洲豹和闪电

“这是什么野兽？”美洲豹看见闪电张开它的手指时，十分惊奇。它渐渐走近闪电，但闪电好像一点也没有发觉。

“简直是一头蠢兽，我真想一口把它吃掉！”美洲豹想。随后，它又高声吼叫：“喂，和我比个高低吧！”

闪电仍然沉默不语。

“我力大无穷，武艺高强，谁敢在我面前撒野！”美洲豹吼叫得更响了。它一会儿蹿到树上，一会儿跳到地下，显出不可一世的样子。

正在美洲豹骄肆狂妄，为所欲为的时候，闪电挥动火焰般的手指，霹雳一声，卷起一阵旋风，接着是倾盆大雨。

美洲豹急忙奔到一棵大树底下躲避，闪电立即把树推倒。它又躲到一块岩石下面，闪电又把岩石劈得粉碎。雷声阵阵，电光闪闪，雷声震聋了美洲豹的耳朵，闪电刺瞎了它的眼睛，暴雨冻僵了它的躯体,美洲豹被彻底征服了。

这时,闪电才对美洲豹说:

“现在,你总该明白了吧!世界上不只是你力大无比。强中自有强中手,还有比你更伟大的强者呢!”

(印第安人寓言)

启迪智慧 与人争强好胜是向外求,远不如向内求,寻求内心的强大美好。

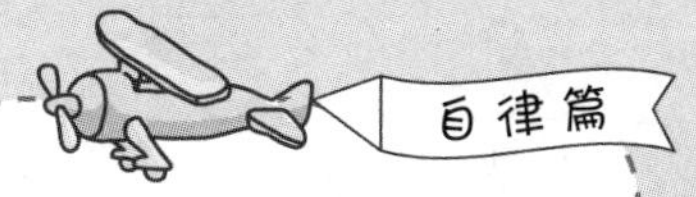

点睛之句　贪婪会把人引入歧途。

057 沉重的金链

许多年前，有一个叫穆罕默德的渔夫。他是一个善良的人，但一心梦想发财，成为一个百万富翁。

他曾听老年人讲过，有几条满载金银财宝的船只沉没在这一带海岸。长期以来，他寻遍了所有沿海，期望能打捞到一些金银财宝。

一天，他坐在船上隐约感到钓线被非常沉重的东西拖住了，这更引起了他的好奇。

他使劲往上一拉，当钓线拖出水面时，他吃了一惊：竟然钓到一条很沉的金灿灿的金链。

他喜出望外，拼命地往船上拖金链，整个船都倾斜了，海水灌进了小船。然而他的心里却做着美梦："我可以买一幢房屋，置一大片稻田了……"

金链似乎没有尽头，越拖越没完没了，压得小船慢慢下沉了。

他仍然贪心地往上拉着金链，做着黄粱美梦。

“哎呀！”正在他想入非非的时候，船终于沉底了。

他在水中拼命地挣扎着，想浮出水面，然而他的双脚被金链缠住，结果被淹死了。

他的妻子听到噩耗，感到万分悲痛，说：“他是一个善良的人，可惜就是太贪心了，贪婪会把人引入歧途啊！”

（马来西亚民间寓言）

当欲望失去约束，无限膨胀时就变成了贪婪。有贪婪的地方就有痛苦和绝望。

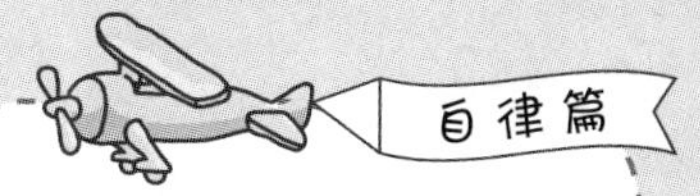

点睛之句　如果当时痛打我一顿，我就绝不会干这种事而被送上断头台了。

058 偷针的男孩

一位贫穷的农妇养了一个儿子，他还不到十岁，天性聪明伶俐。

一天，她唉声叹气，责怪自己命不好。孩子问她为什么这样发愁。她说：“你看我这件破纱丽，想补一补吧，家里却穷得连一根针也没有。”

第二天早晨她刚起床，儿子就把一枚针交给了她。她问：“你是从哪里得到的？”“从杂货店那里，”孩子回答说，“乘人不备时，我偷了一枚。”

农妇再没说什么，高兴地用那枚针缝起衣服来。看到母亲这样，孩子暗暗下决心，要偷一件纱丽回来，使母亲更高兴。没过多久，他果然偷回来一件崭新的纱丽，农妇高兴得不得了，把儿子抱在怀里亲了又亲，并夸他将来一定有出息，但没问纱丽是从哪里来的。这样一来，孩子对自己的所作所为更为洋洋得意。

由于男孩聪明伶俐，对这一套很快就熟悉了，偷的东西越来越多。他的胃口越来越大，不仅在本村偷，还开始到附近的村镇去偷。

他渐渐长大了，母亲劝他早日成亲，以便有人帮忙做家务。他的野心很大，打算偷够两袋金币再说。他知道，金币最多的地方是王宫的金库。谋划了好久，他决定在一个周末动手，因为那时国王和宫廷官员将去打猎，而王后和宫女也要去赶庙会。周末那天，正当他从后门进入王宫，踅向金库的时候，被卫士发现并抓住了。

盗窃王宫金库可是死罪，他被判处死刑。处决前监斩官问他有什么要求，他说想见母亲一面。监斩官派人把他母亲叫来。泪流满面的农妇刚走到面前，儿子就咬掉了她的一只耳朵。他还要咬另一只，被几个卫士扯开了。监斩官问他为什么这样对待母亲，他说："当初我偷了一根针，附在她耳边悄悄告诉她，她丝毫没有教训我，如果当时痛打我一顿，我就绝不会干这种事而被送上断头台了！"

（印度民间寓言）

勿以恶小而为之。小恶不加约束，后果不堪设想。

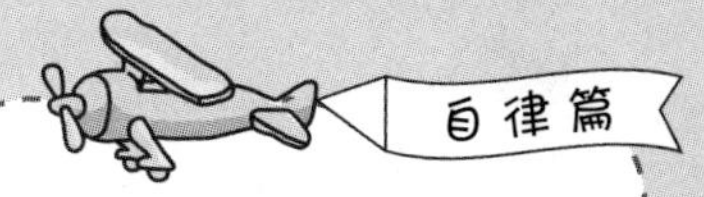

点睛之句　如果要别人承认，那你就要想办法使自己成为一颗珍珠才行。

059 沙子与珍珠

有一个自以为是全才的年轻人，求职很不顺心，一直找不到理想的工作。他觉得怀才不遇，对社会充满怨恨，可又无可奈何，不由渐渐地心灰意冷。

一天，伤心绝望的他来到海边，打算就此结束自己的生命。在他正要投海自尽的时候，刚好有位老人从附近走过。老人见他神情举止有些异常，猜想他可能是动了轻生念头。上前一了解，果然如此。老人问他为什么要走绝路，他说自己得不到别人和社会的承认，没有人欣赏并且重用他，活着没有意思。

老人想了想，不声不响地从脚下的沙滩上拾起一粒沙子，让年轻人看了看，然后就随便地扔回了地上，对年轻人说："请你把我刚才扔在地上的那粒沙子拾起来。"

年轻人说："这根本不可能！"

老人没有说话，又从自己的口袋里掏出一颗晶莹剔透的珍珠，

也是随便地扔在了地上，然后对年轻人说：“你能不能把这颗珍珠捡起来呢？”

“当然可以！”年轻人说道。

老人意味深长地说：“你应该明白，现在你自己还不是一颗珍珠，所以你不能苛求别人承认你。如果要别人承认，那你就要想办法使自己成为一颗珍珠才行。”

（[中国]佚名）

启迪智慧 如果是鲜花，不必招引，自有蜜蜂飞来；如果是臭蛋，无论怎么赶，总有苍蝇不断。唯有成长自己的心灵，唯有改变自己的内质才能改变一切。

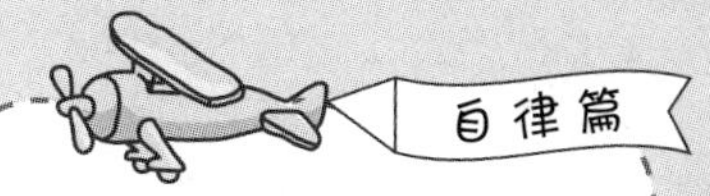

点睛之句 意志薄弱的人总是经受不了陷阱的诱惑。

060 猪笼草的引诱

在潮湿闷热的热带森林里，有一种会吃虫的草，叫猪笼草。它的叶顶上生着像瓶子一样的捕虫囊，囊盖下有喷香的蜜，专门引诱贪吃的昆虫，囊里有消化液，昆虫掉进去就没命了。

一只飞虫闻到猪笼草蜜腺散发出来的香味，匆匆飞来了。它绕着猪笼草飞来飞去，又是喜又是怕，眼睛紧紧盯着囊盖下的蜜。它多么想立刻飞过去饱饱地吃一顿呀，可是它又不敢。不久以前，另一只飞虫就是因为贪吃猪笼草的蜜，死在捕虫囊中的。它又舍不得离开，绕着猪笼草飞了一圈又一圈，鼻子使劲地吸着香气。“味儿真香啊！这蜜一定很甜很甜，我过去舔一下就飞开，也许不要紧的。”它一边安慰自己，一边颤颤抖抖地向猪笼草靠近。它猛地舔了一下蜜马上飞开了。“这蜜实在是甜哪，我再去舔一次吧。”它又飞了过去。正当飞虫美滋滋地吸了一大口蜜时，脚底一滑，跌进捕虫囊里去了。

意志薄弱的人总是经受不了陷阱的诱惑。明明知道前面是陷阱，却还抱着侥幸的心理想试一试。事情的结局往往很惨。

（[中国]卢培英）

抵制诱惑的法宝就是从不抱侥幸心理。

七、求索篇

“路漫漫其修远兮，吾将上下而求索”，这是爱国主义诗人屈原的两句诗。这两句诗已成为历代有理想的中国读书人的座右铭，我们也应该这样。求索的主要内容，对我们来说，就是求知——像沙漠上饥渴的行人那样，追求知识，追求真理。求索是艰苦的，理想的种子必须用辛勤的汗水浇灌，才能发芽、长叶、开花。只要功夫深，铁棒也能磨成针。求索是无止境的，知识的海洋浩瀚无边，我们要学习渔民南图尼欧，无所畏惧地去探索。求索是打破砂锅问到底。“‘?’是打开科学之门的钥匙。”巴尔扎克说得多好。求索要争分夺秒，学海无涯，人生短暂，有效的求索时间更是少得可怜，不要像寓言中的猴子和癞蛤蟆那样，空有决心不见行动，时光白白地耗掉。求索要循序渐进，不能像那个要人盖空中楼阁的富人那样打懒算盘，学术的高塔不可能在一摊沙上耸起。求索不是被动地当个“知识容器”，穆塔特的几个弟子算是迂腐到家了，只会把尊师的话记录到本子里；乌龟把智慧装进“罐子”却不能解决实际问题，智慧反而不及一个小儿；《两个学生》中两位小朋友，乙与只捧着“智慧”而与智慧无缘的乌龟、穆塔特的几位只会照本办事的蠢材相类，而甲却善于动脑筋，知识因了思考而提升为能力。求索不要浅尝辄止，两只青蛙根本没看到所向往的城市就各自半道而返，真是可笑。求索不是盲目照搬，那只自恃聪明的小白兔，比中国古代到邯郸去学步的燕国人结局更惨。

点睛之句　世上的智慧是收藏不尽的。智慧到处有，但不是每个人都有。

061 乌龟的智慧

从前，乌龟认识到智慧比黄金更宝贵，于是它开始收集“智慧”。它碰见每一个人，总能收集到一星半点。大量的智慧好像树叶飘落，布满地面，乌龟把它们集拢，拾起来。随时随地地寻找到一点智慧，就把它放在一个大砂罐里。经过长年累月地聚集，它的砂罐终于装满了。乌龟相信：“世界上所有的智慧都完全属于我所有了。”

它认为必须使这些智慧供它单独使用，因而害怕有人会找到它的砂罐并且偷了去。“我该怎么办呢？”它左思右想拿不定主意。“我把砂罐藏在哪儿呢？”它想了又想，突然有了主意，“对了，爬上树去把砂罐藏在树枝当中，就没有人能找到了。”

于是，乌龟用两臂提着砂罐试着爬树，爬不上。它试着用左臂提着砂罐，还是爬不上。它又尝试用右臂提住砂罐，但仍然爬不上。这时候，它的儿子一直在旁边看着。“爸爸，”小乌龟突然喊道，“爸

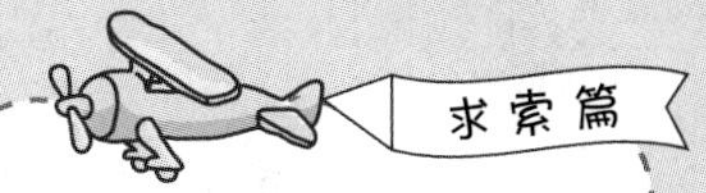

爸,你为什么不把罐子背在背上再爬树呢?”

乌龟对儿子笑笑:“嗨!小家伙,你懂的比你老子还多吗?”但是,它试着把砂罐背在背上,真奇怪,它爬上去了,而且非常容易。

乌龟坐在树枝上,抱着大砂罐,它感觉十分悲伤。“真想不通啊!”它自言自语,“我以为已经把所有的智慧都收集到砂罐中了,可这个小孩却具有我所没有的智慧。看来,世上的智慧是收藏不尽的。智慧到处有,但不是每个人都有啊!”

乌龟想了一阵,便从树上把砂罐推下去。砂罐猛撞在地上摔破了,于是,“智慧”又全部撒播在大地上了。

([英国]莱雷托·图德)

启迪智慧 人活在这个世上最大的智慧就是无私!

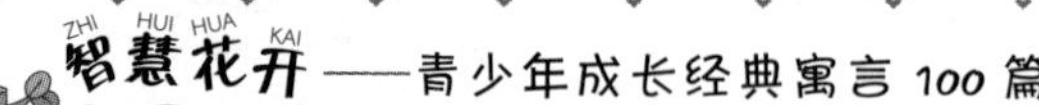

点睛之句　自认为聪明的野兔盲目照搬别人的经验而愚蠢地死去了。

062 野兔掉头

一天，野兔对公鸡吹嘘自己如何如何聪明。公鸡不以为然，说：“你到底聪明不聪明，今后走着瞧吧。”

几天后的一个傍晚，野兔又来找公鸡争辩。公鸡看到野兔来了，就卧在房前，故意把头压在翅膀底下，假装睡觉，以此试验一下野兔的聪明。野兔走到公鸡跟前，吓了一跳，公鸡怎么没有脑袋！野兔见公鸡脑袋掉了，无法辩论，就疑疑惑惑地回家了。

第二天清早，它又往公鸡家走去，想看个究竟。还没有走到公鸡家，野兔就看到公鸡在房前啄食，头依然长在脖子上，一切如初。野兔感到奇怪，以后一连观察好几天，它摸到一个规律：公鸡总是睡觉时没有脑袋，而睡完觉后头又长上了。野兔疑惑不解。一天，它决定问问公鸡，这究竟是怎么回事。公鸡见问，笑笑说：“这是对付失眠症的好办法。每天上床前，我让妻子剁下我的头，就能美美地睡上一觉。第二天早晨，我把头往脖子上一放，它就又长上了。”

野兔也患有失眠症，正愁着没法治，便决定仿照公鸡的办法试一试。傍晚，野兔回到家中，把公鸡治疗失眠症的办法告诉妻子。它说："现在你拿刀子把我的头也剁掉。"妻子不从，并劝说它不能干这样的傻事。野兔说："我观察好几天了，公鸡确实是那么做的，行之有效。"妻子说不服丈夫，只好噙着眼泪把它的头砍下来。

后果当然不难设想。自认为聪明的野兔盲目照搬别人的经验而愚蠢地死去了；被它看不起的公鸡，到头来却证明远比它聪明。

（东非民间寓言）

启迪智慧 野兔是如何死的？蠢死的。什么叫智慧？灵活地根据自己的实际情况正确解决问题的领悟力。

“有什么好怕的呢？我是渔民的儿子，渔民是不怕大海的。”

有一天，渔民南图尼欧的父亲淹死在海里。出海归来的渔民来到南图尼欧家，对他母亲说，他父亲的船被海浪吞没，他遇难了。然而，他们想尽办法，把他的船弄了回来。

听说父亲死了，南图尼欧和母亲悲痛欲绝，痛哭了很长时间。但第二天，南图尼欧就把船交给修船人，不到一个早上，修船人就把船修好了。

晚上，南图尼欧到市场去买渔网，碰到了地主的儿子。南图尼欧同他关系很不错，只要碰到他，总要攀谈一会儿。地主的儿子问道：“怎么，你又买渔网了？”

“是的，明天我将驾着已经修好的船去捕鱼，你去吗？”

“什么？出海？不去，我害怕。”

“害怕？有什么害怕的？”

“当然是怕大海，我听说，你父亲上星期淹死了。”

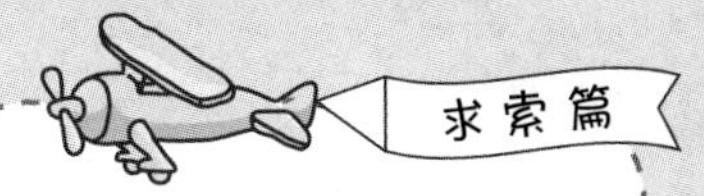

“是这样，那又怎样？”

“你不害怕吗？”

“有什么好怕的呢？我是渔民的儿子，渔民是不怕大海的。”

“现在请你告诉我，你祖父是干什么工作的？”

“他也是渔民。”

“他是怎么死的？”

“他出海捕鱼，遇上了狂风恶浪，再也没有回来。”

“你曾祖父呢？”地主的儿子惊奇地问道。

“也死在海里了。他更加敢于冒险，他驾着船，绕过科伦坡，到印度东海岸去采珍珠，他潜入水里，再也没有上来。”

“奇怪，你们是怎么回事？一个个都死在海里，却还要下海捕鱼。”地主的儿子惊叹不已地说。

现在该南图尼欧问地主的儿子了。他搔搔头，问道：“我听说你父亲最近去世了，他死在哪里？”

“他是在家里睡觉时死去的，他已经年纪很大了，当仆人去叫他起床时，发现他已经断气了。”

“你祖父呢？”

“他也活了很大年纪，最后病死在家里。”

“你的曾祖父？”

“我听说，他卧病很久，也是死在家里的。”

“我的老天爷！他们都是在家里死的，可你现在还住在那个家里，难道你不害怕吗？”

地主的儿子被问得张口结舌，无言以对。

（印度民间寓言）

启迪智慧 南图尼欧的智慧来源于他的无所畏惧的冒险精神，也来源于他是“大海的儿子”，大海给了他宽广的胸怀。

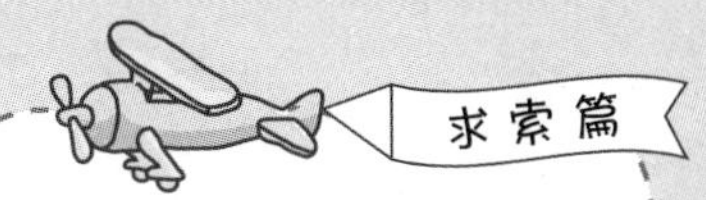

点睛之句　不先造好了下面的两层，又怎能造第三层呢？

064 空中楼阁

有一个富翁，非常愚蠢不懂事理。一天，他到另一个富翁家里去，看见了三层楼的大屋宇，不但宽广高大，而且敞亮富丽，心里十分羡慕，就想："我的钱财并不比他少，为什么不造一座他家那样漂亮的高楼呢！"

回家之后，富翁马上派人去叫了建筑师来，说："像某某家那样漂亮的三层楼，你造得来么？"

建筑师回答说："造得来的，他家那座三层楼就是我造的。"

富翁就说："好，你马上给我造，要和他家的那座一模一样的。"

建筑师就动手平地基，垫基石，打墙脚，制坯垒砖，忙个不停。

但富翁在旁边看着，一点不明白他在做些什么，就问道："你现在这是做什么的？"

建筑师说："我给你造三层楼哇。"

富翁又问道："怎么造三层楼要在下面造，不在上面去造呢？"

建筑师说："必须一层一层造上去，不先造好了下面的两层，又怎能造第三层呢？"

不料富翁马上阻止他说："不，不，我不要下面的两层，你得马上给我造第三层！"

建筑师一再和他说明楼只能一层一层往上造，但富翁很固执，坚持要他只造第三层，建筑师只好停工不干，自己回去了。

（印度民间寓言）

启迪智慧 万丈高楼平地起，没有根基，一切都是空中楼阁。

点睛之句　学习就应当善于动脑筋，仔细思考才能有所成就。

065 两个学生

有两个少年朋友，在同一个老师家学文化知识。过了一段时间，学习告一段落，他们辞别老师回家。

告别时，老师说："你们回来时，每人带个装满猪油的砂锅来，我将拿去拜神。"学生齐声答应，告别老师回家。

在回家的路上，他们发现路上有象留下的新脚印。

甲学生边观察脚印，边说："我猜这头象的左眼一定是瞎的。"

乙学生问："你怎么知道?"

甲学生说："你不相信，到前面看看就知道了。"

两人追上大象，那头大象果然瞎了左眼。乙学生很不高兴地想："老师太不公平了，教给两个人的知识不一样。"

几周后的一个星期天，他们约好去看望老师，各自准备了满满一砂锅猪油，到了老师家先向老师问好，然后把砂锅送给老师。

老师打开砂锅盖一看，甲学生的砂锅里盛了满满一锅油，乙学生那一锅的油却凹下去许多。乙学生不明白怎么回事，明明是装满的，怎么会凹陷这么多呢？他不好意思地说："老师，我和他跟您一起学文化知识，为什么他懂得比我多，做得比我好呀？"

听了乙学生的话，老师说："孩子，我并没有厚哪个薄哪个呀，教给你们的知识是一样的，问题在于如何应用掌握啊。"说完，他让甲学生谈谈是如何应用知识的。

甲学生说："回家路上，我发现象左脚印比右脚印深，而且不规则，比较乱，就想到这是眼睛看不见造成的。装油回来，我用的是旧砂锅，想到旧砂锅不吸油；他的新砂锅总是要吸些油的，所以油凹陷了。"乙同学听了恍然大悟。

老师满意地点着头说："学习就应当善于动脑筋，仔细思考才能有所成就。而马马虎虎，不动脑筋，就不会有什么收获。学习效果是好是坏，这不能全怪老师呀！"

（泰国民间寓言）

启迪智慧 学习的两大法宝就是观察和动脑筋。

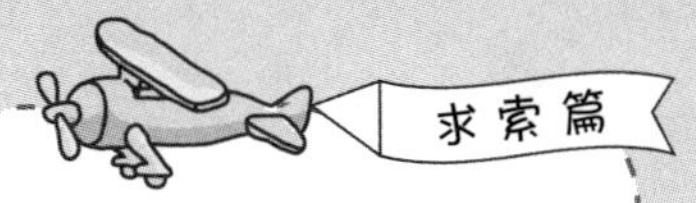

点睛之句　穆塔特望着五个只会照本办事的弟子，不住地摇头叹息。

066 呆板的弟子

大师穆塔特领着五个弟子到乡间旅行。走着走着，他掏出手帕擦额头上的汗珠，突然发现别在头发上的甲骨梳子不见了。

他转身问身后的弟子：“你们看见我的梳子了吗?”

“看见了，”弟子们齐声回答，“它掉在地上了。”

“你们为什么不捡起来?”穆塔特不解地问。

“您从来没有教过我们要把地上的东西捡起来啊！”

“蠢材！”穆塔特感到又好气又好笑，“掉在地上的东西都要捡起来！”弟子们慌忙掏出本子，把师尊的话一字不漏地记录下来。

穆塔特喝道：“还不快去把梳子捡回来！”

五个弟子慌忙往回跑，把梳子捡回来，恭恭敬敬地递给师尊。

不一会儿，他们来到一棵大树下。这时正巧刮来一阵风，树上的枯叶飘飘洒洒地落下来。五个弟子慌忙俯身捡拾。

“你们干什么?”穆塔特惊奇地问。

“您不是告诉我们，掉在地上的东西，都要捡起来吗？”五个弟子异口同声地说。

穆塔特哭笑不得，喝道：“枯树叶捡起来有什么用？记住，有用的东西，譬如说梳子、外衣、围裙、槟榔袋、雨伞和拐杖等等，掉在地上，才应该捡起来。”

五个弟子又慌忙掏出本子，把师尊的话逐字逐句地记录下来。

他们继续赶路，走着走着，穆塔特突然不慎掉进泥潭。五个弟子慌忙掏出本子，翻阅师尊的教诲，看看到底应该怎么办。

“你们为何不赶快把我拉出来？”穆塔特大声喊道。

“您没有教过我们该不该把您拉出来呀！”弟子们一筹莫展地回答。

“蠢材！赶快记下来：如果师尊掉进泥潭，就赶快把他拉出来。”

五个弟子把师尊的话一一记在本子上，然后才协力把师尊从泥潭里拉出来。

穆塔特望着五个只会照本办事的弟子，不住地摇头叹息。

（斯里兰卡民间寓言）

启迪智慧 呆板的人往往是没有开智慧的人，如何开智慧？解开心灵的枷锁。

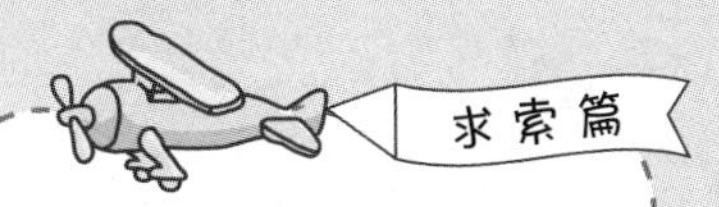

点睛之句　猴子和癞蛤蟆还是一起坐在大树底下抱怨这天气太冷，空气太潮湿。

067 明天和今天

一天晚上，外面正下着大雨，猴子和癞蛤蟆坐在一棵大树底下，互相抱怨这天气太冷了！

“咳！咳！”猴子咳嗽起来。

“呱—呱—呱！”癞蛤蟆也喊个不停。

它们被淋成了落汤鸡，冻得浑身发抖。这种日子多难过呀！它们想来想去，决定明天就去砍树，用树皮搭个暖和的棚子。

第二天一早，红彤彤的太阳露出了笑脸，大地被晒得暖洋洋的。猴子在树顶上尽情地享受着阳光的温暖，癞蛤蟆也躺在树根附近晒太阳。

猴子从树上跳下来，对癞蛤蟆说：“喂！我的朋友，你感觉怎么样？”

“好极了！”癞蛤蟆回答说。

“我现在还要不要去搭棚子呢？”猴子问。

“你这是怎么啦?”癞蛤蟆被问得不耐烦了。“这件事明天再干也不迟。你瞧,现在我有多暖和,多舒服呀!”

“当然啦,棚子明天可以再搭!”猴子也爽快地同意了。

它们为温暖的阳光整整高兴了一天。

傍晚,又下起雨来。它们又一起坐到大树底下,抱怨这天气太冷,空气太潮湿。

“咳!咳!”猴子又咳嗽起来。

“呱—呱—呱!”癞蛤蟆也冻得喊个不停。

它们再一次下了决心:明天一早就去砍树,搭一个暖和的棚子。

可是,第二天一早,火红的太阳又从东方升起,大地洒满了金光。猴子高兴极了,赶紧爬到树顶上去享受太阳的温暖。癞蛤蟆也一动不动地躺在地上晒太阳。

猴子又想起了昨晚说过的话,可是,癞蛤蟆却说什么也不同意:“干吗要浪费这么宝贵的时光,棚子留到明天再搭嘛!”

这样的故事,每天都重复一遍。一直到今天为止,情况都没有变化。

猴子和癞蛤蟆还是一起坐在大树底下抱怨这天气太冷,空气太潮湿。

“咳!咳!”

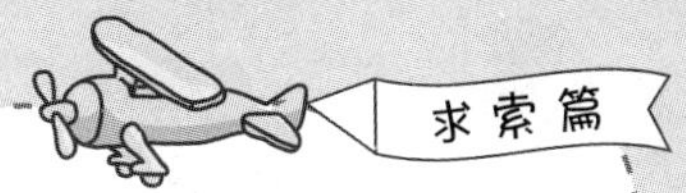

“呱—呱—呱!”

（马来西亚民间寓言）

启迪智慧 一定要珍惜时间，今日事，今日毕。

附：

明日歌

（明）文嘉

明日复明日，明日何其多，
我生待明日，万事成蹉跎。
世人若被明日累，
春去秋来老将至。
朝看水东流，
暮看日西坠。
百年明日能几何，
请君听我明日歌。

今日诗

（明）文嘉

今日复今日，今日何其少！
今日又不为，此事何时了！
人生百年几今日，
今日不为真可惜！
若言姑待明朝至，
明朝又有明朝事。
为君聊赋今日诗，
努力请从今日始。

长在它们脑袋上的眼睛，就都各自望着自己原来居住的城市。

068 两只青蛙

一只向往大阪的京都青蛙背起饭盒，向大阪开始了它的旅行。与此同时，一只向往京都的大阪青蛙，也开始往京都方向爬行。

在京都和大阪之间有一座高山。两只青蛙爬了半天，竟在山顶上相遇了。“你好，你好！”“呀，你好，你好！”两只青蛙相互寒暄了一番。

“你拿着饭盒上哪儿去啊？”

“我是京都的，我想到大阪去走一趟。你拿着饭盒上哪儿去啊？”

“呀，不瞒你说，我是大阪的，我想到京都走一趟。”

“啊，是吗？辛苦，辛苦！”

“噢，彼此，彼此。”

两只青蛙这么说着。

“那么，就让我在山上眺望一下大阪吧！”京都的青蛙说。

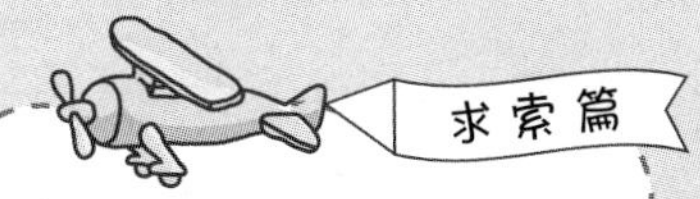

“那么,也让我在山上眺望一下京都吧!”大阪的青蛙说。

于是,两只青蛙踮起脚尖,仔细地眺望着远处的城市。

“怎么,原来大阪是个和京都一模一样的地方啊,嗨,早知道如此,又何必特地赶来逛呢?”

京都的青蛙刚说完,大阪的青蛙也叫了起来:“哎,怎么搞的?原来京都是个和大阪一模一样的地方啊!嗨,早知如此,又何必特地赶来逛呢?”

因为它俩都踮着脚尖,所以长在它们脑袋上的眼睛,就都各自望着自己原来居住的城市。

“既然如此,我们就回去吧!”

于是,两只青蛙便各自朝着自己的家乡爬去。

从这以后,京都的青蛙一直到老都这样给大家讲:“大阪原来是个和京都一模一样的地方啊!”

大阪的青蛙呢,也是一直到老都这样给大家讲:“京都原来是个和大阪一模一样的地方呀!”

(日本民间寓言)

做学问切忌浅尝辄止。

理想的种子，只有用汗水浇灌它，才能结出丰硕的果实。

069 理想的种子

从前有两个孩子，都有美好的理想。

“怎样才能实现理想呢？”

他们去求教一位老人。

老人给他们一人一颗种子，说：“这是颗普通的种子，但是，谁能够把它保存得最好，谁就能找到通达理想的途径！”

几年以后，老人问他们俩保存种子的情况。

第一个孩子，摸出一个衬着丝绒的锦盒。

他说：“我把种子存放在锦盒里，整天整夜守候着它。”说着，打开盒子一看，种子还是原来的模样。

第二个孩子，脸庞晒得黑黝黝的，双手长满了厚厚的老茧。他指着漫山遍野的庄稼，兴奋地说：“老爷爷，我把种子埋在地里，每天都浇灌和耕耘。现在，它已经结出了遍地的果实！”

老人听完，高兴地笑了：“孩子，理想就和这种子一样，只是守

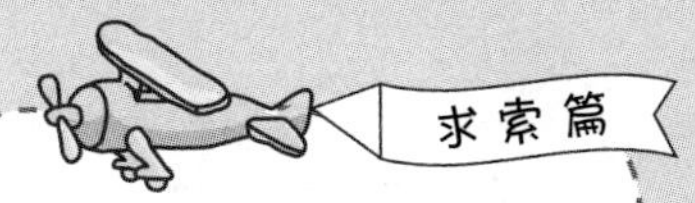

着它，永远也不会长大；只有用汗水浇灌它，才能结出丰硕的果实！”

（[中国]方崇智）

启迪智慧 确实，用汗水浇灌的理想的种子很重要，这颗种子是否美好、是否无私也很重要。

“?”是打开科学之门的钥匙。
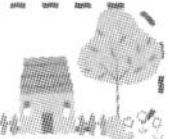

070 惊叹号与疑问号

惊叹号和疑问号难得相遇,显得分外亲热。

惊叹号昂首挺胸,一摇三摆地走到疑问号身边,同情地说:“老兄,我看你成天弯腰躬背,从没有挺直身板的时候,莫非你是害了先天性的佝偻病?”

“我啥子病也没有!”疑问号爽快地回答,“只是遇事喜欢寻根刨底,不问个水落石出不罢休——这也算是一种毛病吧。”

“哪里!哪里!”惊叹号说,“你这是虚心好学,值得大伙儿学习;不过,事无巨细,都要请教别人,不怕人家笑你幼稚无知吗?”

“不怕!”疑问号严肃地说,“学问学问,就是要不耻下问嘛!如果遇事不打破砂锅问到底,怎么能揭开宇宙中的无穷奥秘?我最喜欢的格言是巴尔扎克的一句话:‘?’是打开科学之门的钥匙。”

“说得好!”惊叹号一蹦三尺高,“今后我遇到问题,也要像你一样,弯腰躬背,问个不休。”

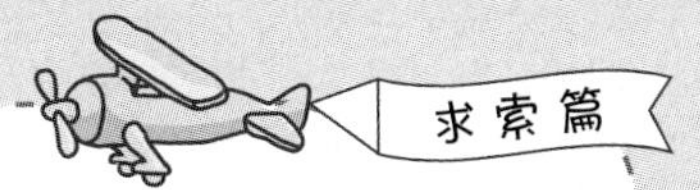

“那倒也不必，”疑问号摇摇头，“我有我的使命，你也有你的作用，咱俩谁也无法取代对方。比如当我探索出什么名堂的时候，人们就要请你出场感叹赞扬一番了，有时为了表达某种惊疑的语气，咱俩还得携手合作哩！”

“对！对！”惊叹号听得心服口服，频频点头。

（[中国]陈乃祥）

启迪智慧 打破砂锅问到底的探索精神和真诚地赞美别人都很重要。

八、求实篇

求实，就是尊重事实，讲求实际，这是做人处事的起码要求。但有些人却不是这样。有个到山东朝圣的举人，路上渴得嗓子冒火也不喝沿途的清泉，因为这些泉水的名字不太好听。保加利亚一个财主更偏执，聪明人给他出了个马上如何放钱袋的好主意，但得知那人是穷人，再好的主意他也不采纳了。这些都是以名废实的例子。虚荣的蜗牛注视着自己的名字，它为千里马不像它一样留下行进的印记以便成名时供人研究而大感遗憾，这可称之为重名轻实。被人景仰的壮士，全然不管人间苦难，一头钻进树洞酣睡，千年毫无动静，人们不知他早已死去。一群平庸的鲤鱼，要求龙王降低龙门的标高，它们轻松地跳过了龙门，却完全没有成为真正的龙。这可以说是名不副实。“名”与“实”说到底并没有必然的联系，印度少年孽障经过一番游历，才放弃了改名的念头。在“虚”与“实”的处理上，许多人喜务“虚”——只图形式；而不务“实”——不讲实际。只想虚晃一枪，不想埋头苦干。可笑的事多着哩：白背乌鸦虚荣心大发，身上插着捡来的几根孔雀羽毛，佯装成孔雀钻进孔雀群中，结果受尽羞辱。古代一个崇拜名人的读书人，追求外貌与名人肖似，结果把好端端一张面孔弄得不伦不类。虚名是一杯毒酒，虚名可以杀人，蚔因喜鹊制造的虚名而垮台，连累全家遭殃。不务实，永远与成功无缘，一个胖子脱离实际，居然想舀干大海，取出沉船里的金银财宝，这可能吗？

点睛之句　他们打烂树洞一看，原来壮士的身子已经给毒蛇吃得只剩了个脑袋。

071 壮士

不知是哪个朝代，出了一员壮士。

他在树林里闯荡，看见一棵橡树，连根拔掉；看见另一棵橡树，一拳打成两段；看见又一棵有个树洞的橡树，就钻进树洞睡觉去了。绿叶满枝的橡树妈妈听见他如雷的鼾声，呻吟起来了；猛兽跑出树林，禽鸟乱飞；林精吓破了胆，抱着妻儿，溜得不知去向。

壮士的名声传遍大地。不管是自己人还是外邦人，是朋友还是仇敌，对他都不胜钦佩。

有一年，小民们用极其野蛮的手段互相残杀，无数人白白送了性命。老人们伤心极了，痛苦地呼喊：来啊，壮士，来评判评判我们这艰难的世道啊！可他没有来，却在树洞里睡大觉。有一年，所有田地都被太阳烧得黄了，给雹子打得精光，人们满以为壮士会来养活村社的庄稼人。可他没有来，仍旧待在树洞里。有一年，城市和乡下都发生大火，烧光了，小民们没房住，没衣穿，也没有饭吃。大

家以为，壮士立刻会来解除村社的穷苦。可这时他还在树洞里睡大觉。整整一千年，这个国家遭受了种种苦难，壮士既没有动一下耳朵，也没有眨一下眼睛，打听打听大地为什么一片呻吟。

这究竟是个什么壮士啊？

这个国家的仇敌们，惧怕在树洞里酣睡的壮士，也观望了整整一千年，看到一千年来壮士毫无动静，就集结队伍入侵壮士的国家。当侵略者小心翼翼地走到树洞附近时，闻到一股腐臭的气味，他们打烂树洞一看，原来壮士的身子已经给毒蛇吃得只剩了个脑袋。

（[俄罗斯]谢德林）

启迪智慧 壮士的名声是如何得来的？靠他蛮横粗暴，毫无爱心的行为换来的。“缺德”哪里能“壮”！

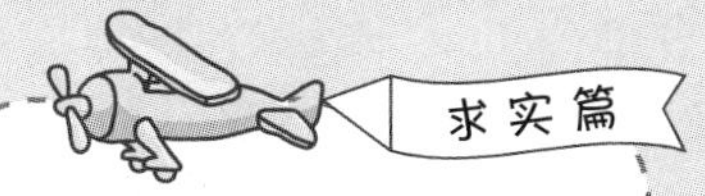

点睛之句　给我把口袋卸下来，因为我不想要穷人的智慧。

一个财主有点儿犯傻，把一口袋钱放在马鞍的一边，自己坐在钱口袋的另一边。他这样骑着马走到一口水井旁，把马停下来，让它饮一饮水。他自己也想坐在那儿的树荫下休息休息。

那儿正坐着一个穷人。财主叫穷人扶他下马。穷人走过去帮了他一把。财主坐下来，等休息够了，又叫穷人扶他上马。穷人见他把口袋放在一边，自己坐在另一边，做法十分愚蠢，就对他说："财主，你为什么把钱口袋放在一边，使得你不能舒服地骑马呢？"

"那你说该怎么放才好呢？伙计！"财主请教他说。

"你可以把口袋捆好，把钱分到口袋两头，像褡裢那样把它搭在马背上。"他向财主说。

"你能想出这么好的主意来，真了不起！"财主对他说，并要他把口袋那样给他搭上。

财主骑上马动身走了。他走到一处地方又想起那个告诉他如何搭钱袋的人。“哦，慢着，我得回过头去问问那个人！”财主有些嫉妒地自言自语说，“他教会我这样骑马，谁知他多么有钱？因为只有富人才能那么聪明，穷人是做不到的。”

他这样想了想，就掉转马头，刺了一下马，又回到了穷人身边。

“喂，伙计！”他说，“你给我出了那么好的主意，你该是个很富的人喽。”

“哈哈，哈哈！”穷人讥讽地大笑起来，“只有上帝才有钱。财主，我是个穷人，是给人帮工的。”

“哎呀，你还是个穷人？”财主一面尖声说道，一面下了马。“你过来，给我把口袋卸下来，因为我不想要穷人的智慧。”

穷人走到富人的马前，卸下了那个钱口袋。财主把它搁在马的一边，正像先前他用富人的智慧搁的那样，然后又侧着身子坐在马上，就像那些日耳曼妇女骑马一样，继续走他的路了。

（保加利亚民间寓言）

启迪智慧 “只有富人才能那么聪明，穷人是做不到的”，财主的这种偏执的想法显然是非常可笑的，这是一种妄想。智慧与财富的多少没有必然关系。

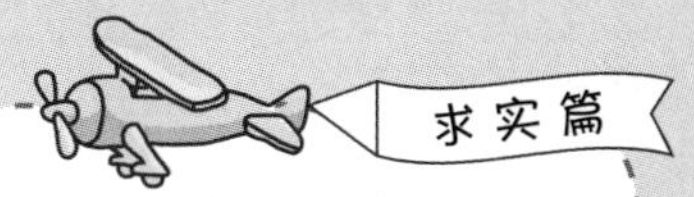

点睛之句　白背乌鸦没有变成孔雀，反而成了同类的笑料。

073 白背乌鸦

虚荣心十足的白背乌鸦想变得像孔雀一样美丽，想有孔雀那样的羽毛、歌喉、性格和体态，因此就不喜欢自己的相貌、羽毛、歌喉、性格、体态和其他一切了。它不去想想自己作为世界上一种动物的价值和荣耀，不为此而感到自豪、欣喜，反而埋怨自己长得不好。它为没有一副孔雀的面孔而自卑自弃，在欢乐的生活中成了一只后悔不已的动物。

白背乌鸦具有在空中翱翔的能力和可以到处停落的自由，享有首创野葬的经验和荣誉，是一个善于动脑筋和细心的飞禽，所有这些美德，都因它的虚荣心而被忘得一干二净了。它不分昼夜地盘算着如何才能成为孔雀。白背乌鸦来到孔雀经常出没的地方，观察和模仿孔雀的动作；并且捡了几片孔雀毛，插在自己的身上。由于仿效孔雀矫揉造作的动态，白背乌鸦完全忘却了自己蹦跳前进的步伐。由于学孔雀的鸣唱，彻底忘记了自己呱呱噪叫的习惯。

它自鸣得意，俨然摆出孔雀的姿态，还常常训斥同类。

一天，这只白背乌鸦佯装孔雀，钻进了孔雀群里，它轻盈漫步，炫耀着身上的几根孔雀毛。孔雀十分讨厌它，凶狠地把白背乌鸦辛辛苦苦捡来的孔雀毛全都啄掉了，连白背乌鸦自己的羽毛也被拔掉了。于是它变成了一只赤条条的肉鸦，浑身伤肿，沾满了血污。白背乌鸦没有变成孔雀，反而成了同类的笑料。

（[埃塞俄比亚]夏班·罗伯特）

启迪智慧 一个人首先要学会爱自己，活出自己，才不会被别人羞辱。

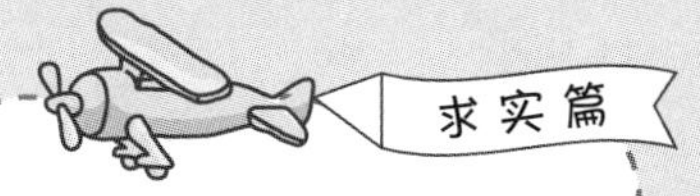

点睛之句 名字本身不能说明一个人的实际情况。

074 孽障改名

一个叫“孽障”的学生，一天对老师说：“老师，我的名字不吉利，请您给我改一个好吗?”老师说：“孩子，你先到各地去游历一趟,挑选一个你最喜欢的名字,我再给你改。”

于是,孽障带着干粮出发了。他经过许多村庄,最后来到了一座城池。恰好那里死了一个名叫“长寿”的男子。孽障看到长寿的亲戚们，正抬着长寿的尸体往火葬场走去，他连忙上前问道：“老兄,这个死人的名字叫什么?”

“长寿。”人们回答。

“什么? 长寿！长寿也会死呀?”孽障惊讶地问。

“是的,长寿也会死的,短寿也会死的,名字只不过是为了让人称呼的,难道你连这一点都不明白?”

孽障继续往前走。走到城市中心，看到一个人正坐在门口用绳子抽打女奴。

孽障问主人："老兄，你干吗打她？"主人告诉他，女奴没有把挣的工钱交给他。

孽障问："这女奴叫什么名字？"

"富民。"主人回答。

孽障问："富民挣了工钱还不交给你吗？"

人们听了他的话，都说："富民也好，贫民也好，都可以是穷人，取名字只是为了让别人叫，你怎么连这一点都不懂？"

他又往前走，遇见一个迷了路的人。他见那人正在四处问路，就问他："老兄，你这是怎么回事？"

"我迷了路。"那人回答。

"你叫什么名字？"孽障问。

"识途。"那人答道。

"啊，识途也会迷路？"孽障又吃一惊。

"这有什么奇怪的？识途不识途都会迷路的，取名字只是为了让别人叫，你连这点都不晓得？"那人斥责了他一番。

孽障最后回到老师身边。老师问他："你说说，孩子，你找到了什么好名字？"

孽障回答道："老师，长寿短寿都一样死，富民贫民都可以穷，识途不识途都会迷路，一个人取名字只是为了让别人叫的，名字本身不能说明一个人的实际情况，说明一个人实际情况的是他的所

作所为，所以，老师，我不打算改名字了。”

（印度民间寓言）

启迪智慧 人是靠美德和智慧活着，不是靠名字活着，不要为名所累。

点睛之句 虚假的名声不就像鸩毒一样吗？

075 蚳鹊毁誉

蚳和喜鹊相互嫉妒，相互看不起。蚳常常毁谤喜鹊，但喜鹊却常常赞美蚳。蚳把喜鹊压得很低很低，喜鹊却把蚳捧到了天上。

喜鹊总是赞不绝口地说："我怎么赶得上蚳呢？蚳啊，资质像颜回，学问像孔子，才能像伊尹和周公，文章像司马迁。找朋友不找蚳，求贤臣不求蚳，都是不会鉴别人才啊。"

别的生灵听了说："喜鹊本来嫉妒蚳，还对蚳的才能津津乐道，蚳一定有不同寻常的地方。"

于是，人们争着跟蚳交朋友，朝廷也赐给蚳爵位，蚳声势显赫起来。

蚳显赫后，还是像过去一样揭喜鹊的短处。喜鹊的儿子对喜鹊说："蚳常常诋毁大人，大人却常常赞美它贤能，这是什么原因？我实在恨蚳！"喜鹊笑着说："你何必怨恨呢？蚳虽然毁谤我，但毁谤就是不毁谤，实际上对我有益。我虽然赞美蚳，但赞美就是不赞

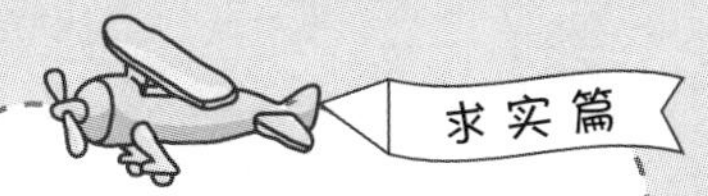

美，实际上对蚳有害。你没有看见朽木吗？要它支撑茅屋檐，还勉强胜任；要它作大厦的栋梁，即使绘上色彩，显得漂亮，它终究会弯曲、折断。蚳大概不会得意长久了。”

不久，蚳果然因虚名而垮台，连累全家遭殃。

由此看来，虚假的名声不就像鸩毒一样吗？别人用虚名赞美我，不就是陷害我吗？有些飘浮的人，只担心树立不起名誉，又怎会不使自己失败呢？

（[朝鲜]李光庭）

启迪智慧 虚名是一杯毒酒，虚名可以杀人，蚳因喜鹊制造的虚名而垮台，连累全家遭殃。

点睛之句　原来只是崇拜他们的外表，追求外貌的相似。

彭几剃眉

彭几是一个喜欢崇拜名人的读书人。有一次，他初次看见宋朝大文学家范仲淹的画像，连连拱手说："敬佩，敬佩，新昌布衣彭几拜谒！"然后，他把画像仔仔细细端详一番，深有感触地说："一点不错，有奇德的人，相貌也一定是特殊的。"接着，他取出镜子对着面孔左照右照，又捋捋自己的胡须得意地说："大体上是同范公相像的，只是我的耳朵里少了几根毫毛。不过这不要紧，再添几岁年龄，自然会长出来的。"

后来，他到庐山游玩，在太平观里看见唐朝名臣狄仁杰的画像，连忙敬礼说："宋朝进士彭几拜谒！"拜罢，他又对着画像仔细研究起来。他发觉狄仁杰的眉毛与凡人不同，分枝的眉梢一直插到鬓边。他牢记在心，回到家里就用剃刀把自己的眉梢修成尖尖的几枝，好像正要向鬓边斜刺上去的样子。

彭几崇拜名人，原来只是崇拜他们的外表，追求外貌的相似，

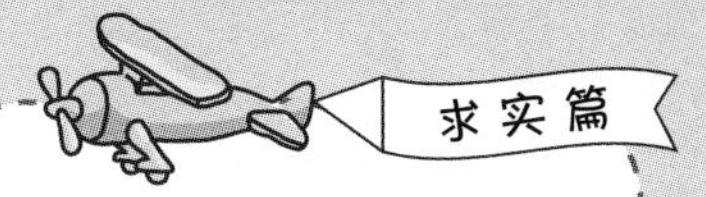

结果把好好一张面孔弄得不伦不类。家人见了他那副怪相，都惊奇发笑。“这有什么好笑的?”彭几光火了，“我前次看见范公画像，正恨自己没有耳毫，但长不长耳毛那是天意，我也无法可想；可眉毛呢，我是有办法让它顺着我的意思朝上长的，这有何可笑?”

（[中国]《古今谭概》）

启迪智慧 崇拜名人关键是要学习他们的才德，这才是名人崇拜的智慧！

真正的龙门是不能降低的。

鲤鱼们都想跳过龙门。因为，只要跳过龙门，他们就会从普普通通的鱼变成超凡脱俗的龙了。

可是，龙门太高，他们一个个累得精疲力竭，摔打得鼻青脸肿，却没有一个能够跳过去。他们一起向龙王请求："尊敬的殿下，请你把龙门降低一点吧！让我们都可以跳过去。如果连一个鲤鱼都跳不过去，这龙门不等于虚设了吗？"

龙王不答应，鲤鱼们就跪在龙王面前不起来。他们跪了九九八十一天，龙王终于被感动了，答应了他们的要求。

鲤鱼们一个个轻轻松松地跳过了龙门，兴高采烈地变成了龙。

不久，变成了龙的鲤鱼们发现，大家都成了龙，跟大家都不是龙的时候好像并没有什么两样。于是，他们又一起找到龙王，说出自己心中的疑惑。

龙王笑道："真正的龙门是不能降低的。你们要想找到真正龙的感觉，还是去跳那座没有降低高度的龙门吧！”

（［中国］段明贵）

靠降低了龙门的标准而跳过去的龙还是龙吗？名不副实了，当然找不到感觉。

“怪不得你一天走不了多远哩，原来精力都花在这上面了！”

千里马与蜗牛

千里马出征归来，正立在树下小憩，忽听有极细极细的声音呼唤它。循声望去，原来是脚旁的小蜗牛。

“马兄！”小蜗牛问道，“看你汗涔涔的，今天跑了多少路呀？”

“跑了多少路？”千里马实在难以回答，过了老半天，才不无歉意地说，“这我倒未曾留意过，大约也就千儿八百里吧！”

“唉，你呀！你呀！”小蜗牛深表遗憾，“你怎么不作精确统计和记录呢？瞧我，每天走了多少路，都留有明显的印记，一点儿也错不了！”

千里马好生糊涂，不得不请教道：“这么做，有什么用呢？”

“怎么没用！”小蜗牛嚷道，“自己做的成绩，连自己都说不清楚，别人还会承认你吗？再说，等以后成了名，也好让学者专家们研究研究我们走过的历程呀！”

千里马恍然大悟后，不禁哑然失笑道：“怪不得你一天走不了

多远哩,原来精力都花在这上面了!”

（[中国]薛贤荣）

启迪智慧 能走多远，得看你实际干了些什么，而不是看你准备了些什么。

不要想入非非，还是脚踏实地去工作吧！

079 想舀干大海的人

胖子和瘦子是好朋友，生活都不很富裕。有一天，胖子对瘦子说：“我们得想个法子发财才行呀。”

瘦子立即赞成说：“不瞒你说，我也正想发财哩，你有什么好主意吗？”

胖子胸有成竹地说：“刚才我已经想出一个非常出色的计划啦。”

“什么计划？”

“我听说大海里经常发生沉船事故，船上的金银财宝都落到海底了，我们只要把海水舀干，这些金银财宝就是你我的啦！”

瘦子听了欢呼雀跃，欣喜异常。于是，两位朋友置备了舀水工具后，便一起来到了大海边上。

那位从来没见过大海的瘦子，总认为大海比自家门口的小池塘大不了多少，现在乍一看，大海渺渺茫茫，无边无际，不禁惊得张

嘴咋舌了。他忧心忡忡地说："这么多水，怎样舀得干呀？"

"怎么，还没动手你就打退堂鼓啦？这么多水怕什么，只要我们好好干，终有一天会把它舀干的。"胖子雄心勃勃地鼓励他的朋友。

"也许能舀干吧，可是这么多海水舀到哪里放呢？"

"陆地放。"

"陆地高，水怎么盛呢？"

"先把大陆挖掉！"

"那么挖大陆的泥又往哪里填呢？"

"海里填！"

"我们把海填掉了，又怎样去捡金银财宝呢？"

"这……这……"胖子一时哑口无言，茫然无措了。

——不要想入非非，还是脚踏实地去工作吧！

（[中国]施翼）

为着一个不切实际的想法去努力，永远与成功无缘。

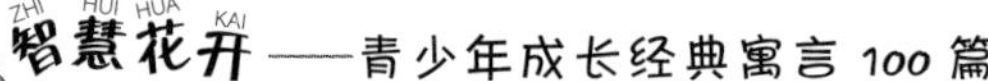

只要水好，为什么因名字不好听而不喝呢？

080 喝“名”的人

古代，有个举人到山东朝圣，请个农民给他带路。头上太阳如火，脚下泥沙烫人。两人都渴得厉害，正好路边有股清泉。农民说：“先生，咱们喝点吧！”

举人看崖上刻着“盗泉”两字，摇摇头，说：“这是‘盗泉’，怎么能喝呢？”他自己不喝，也反对农民去喝泉水。

两人忍着渴又上路了。沿途经过“恶泉”“死泉”“贱泉”……举人都因名字不好，全不肯喝。只渴得嗓子冒火，四肢无力，走路都摔跟头，好容易又遇到一股泉水。农民说：“先生，喝吧。这里再不喝，向前要走五十里才有人家，我们非都得渴死不可。”

举人见石碑上刻着“贫泉”两个大字，仍然摇摇头，说：“君子喜富贵怕贫穷，这是‘贫泉’，我不喝。”他自己不喝，照样反对农民去喝。农民实在渴得不行了，没理睬举人的劝告，跑去美美地喝了一番。泉水清凉，甜丝丝地可口。他说：“先生，喝吧，这水很好。”举

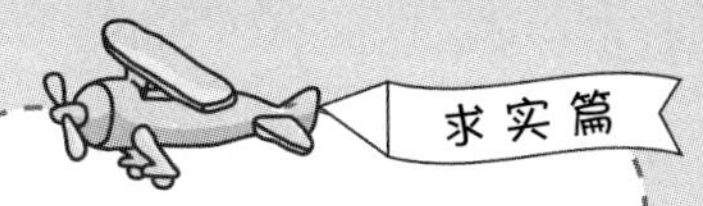

人叹息着,还是说:“我不爱这个名字,不喝!”

农民看举人说话声音微弱,奄奄一息,劝告他说:“先生喝吧,咱们喝的是水,并不是名字。只要水好,为什么因名字不好听而不喝呢?”举人还是摇摇头,随即晕了过去。

农民只好背着举人赶路。到了一个山谷,他把昏迷的举人放在地上,自己坐在一边休息。一会儿,举人醒了,发现眼前一汪水,他问农民到了什么地方,农民说:“这儿是高升谷。”听到“高升”两字,举人翻身趴在地上喝着眼前泥坑里的水。农民看见满地是牛蹄马迹,举人喝的是马蹄坑里的尿水,农民连忙说:“先生,这不能……”

举人抬头,说:“这谷叫高升谷,这水一定是高升泉,怎能不喝呢?”说着,趴在地上大喝一顿。他灌了一肚子马尿,坐在山石上,揉着肚子,连连夸赞:“好水!好水!”

([中国]乐牛)

启迪智慧 重名而不务实的人大抵都是喝了马尿而迷了心窍。

九、科学篇

科学，使人聪慧，使社会昌明，使国家强盛。生活在当代，无疑需要具有科学精神。我们要热爱科学，尊重科学。这是有教训的：白鹤和野鸭的腿本来好好的，而一个愚蠢的医生，违反客观规律，替它们截腿、接腿，使得双方都丧失了生存能力；一个反叛自然规律的老太狂饮“青春的泉水”，居然变成了吃奶的娃娃，令丈夫手足无措；信鸽自由飞行完全可以回家，但驯鸽人不按规律办事，硬用绳子把它们拽在一起，以求保持同一距离和速度，结果鸽子只有摔死；同样，麻雀与小虾完全不顾双方生活习性、生存环境的不同而结合，坚贞的爱情在垦荒的火焰中变成灰烬；那只自以为聪明的天鹅违抗大自然的规律，秋天来了不往南飞，反向寒冷的高山顶峰飞去，结局自然是悲剧性的。做任何事情都有一个度，一张本来只够做一顶帽子的羊皮，顾客却要工匠做八顶，羊皮变成了八件废品。我们要培养科学态度，要注意分析事物的特殊性，不要像那个愚蠢的国王，弄不清琴声与琴本身不可分割的联系；也不要像调皮的猴子、驴子、山羊和笨熊，在完全不具备音乐家技巧和听觉的情况下却硬要搞什么“四重奏”。我们要学会科学思维，全面深入地看问题，不要像古印度的盲人，只接触到局部，就武断地用它来概括整体，只见树木而不见森林。《时间老人和科学家》提醒我们，立志献身科学，就必须与时间赛跑，必须争分夺秒。

点睛之句 这些看不见大象全貌的盲人，不可救药地以狭隘经验来概括事实真相。

081 盲人摸象

印度一位号称“镜面王”的国王，一天派出专使，要求把国内所有的盲人集合在一起。盲人们集合好之后，国王命令把他的大象给他们看。大臣把这些盲人带到象厩去，让盲人一个一个地去摸大象。

盲人们非常高兴，有的摸着象腿，有的摸着象尾，有的摸着象屁股，有的摸着象肚子，有的摸着象背脊，有的摸着象耳朵，有的摸着象脑袋，有的摸着象牙，有的摸着象鼻子，摸什么部位的都有。

摸完之后，大臣把盲人带到国王跟前。国王问他们：“你们对大象有所了解了吗?”大家都说：“完全了解了。”

国王说：“那么，请说说象是什么样子吧。”

摸象腿的盲人说：“它像一根圆柱。”摸象尾的盲人说：“它像一根鞭子。”摸象屁股的盲人说：“它像一面大鼓。”摸象肚子的盲人说：“它像一堵墙壁。”摸象背脊的盲人说：“它像一座小山。”摸象耳朵的盲人说："它像一把蒲扇。"摸象脑袋的人说："它像一个大石臼。"摸象牙的盲人说："它像一支长牛角。"摸象鼻子的盲人说："它像一条粗绳索。"

这些看不见大象全貌的盲人，不可救药地以狭隘经验来概括事实真相，在国王面前争得面红耳赤。

（印度民间寓言）

科学全面的思维方法才是认识事物的智慧。

点睛之句 不具备音乐家的技巧和听觉，无论怎么排列都是白搭的。

082 四重奏

调皮的猴子、驴子、山羊和笨熊，异想天开地要搞一个四重奏。它们弄来了大提琴、中提琴和两把小提琴，居然还搞到了乐谱。

它们坐在一棵椴树下面的草地上为人们表演，但一个个不知琴怎么摆，弓怎么拉，胡乱敲敲打打，弄出一阵阵乱七八糟的噪音。

猴子喊叫说："弟兄们，打住！打住！哪能这样演奏？我们坐的位置不对，应该调整一下。"

于是，按猴子的提议，拉大提琴的熊和拉中提琴的驴子面对面坐，猴子和山羊两个拉小提琴的面对面坐，它们相信，调整了座位之后，演奏效果一定会大大不同。演奏再次开始，乐器上发出的仍然是一塌糊涂的噪音。

驴子大叫："停停！我找到了窍门，咱们坐成一排，准会演奏出奇妙的音乐！"

大家按驴子的意见再次调整座位，规规矩矩地坐成一排，然而，它们还是奏不出美妙的曲调来。

究竟怎么坐才好？它们为此争论不休，你喊我叫越吵越厉害。一只夜莺听见它们的吵闹声，就飞了过来，它们一齐向夜莺求教："我们几个乐器齐全，乐谱也不缺，可折腾了一个多小时，就是奏不出美妙的音乐来。你说说，我们究竟该怎么排列，才能保证四重奏的演出效果？"

夜莺回答它们说："音乐家必须有高明的技巧和听觉，这是演奏效果最根本的保证。你们不具备音乐家的技巧和听觉，无论怎么排列都是白搭的呀！"

（[俄罗斯]克雷洛夫）

美是需要各种特殊技巧的，不按这个科学规律办事是要闹笑话的。

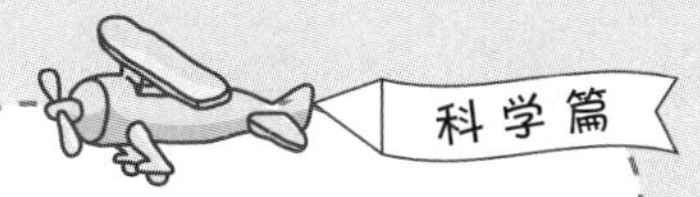

这帽子不能戴在头上，而只能戴在苹果上。

083 顾客和工匠

制帽匠家里来了个顾客，带来了一张羊皮，请求做顶帽子。

“好，这就给你做！”制帽匠说。

顾客出门后想：“这张皮不是很大吗？也许可以做两顶。”就转身去问制帽匠：“师傅，请告诉我，能不能用这张皮给我做两顶帽子？”“怎么不行呢？”制帽匠说，“成。”“那就请你给我做两顶吧！”顾客说完就走了。

走了一会儿，他又犯了嘀咕，于是又回头问制帽匠：“师傅，用这张皮子能做三顶帽子吗？”“怎么不行呢？”制帽匠说，“可以做三顶。”顾客高兴极了，又问：“能做四顶吗？”“能做四顶！”师傅回答说。“五顶呢？”“能做五顶！”“那就给我做五顶帽子吧！”

顾客走了，可是到了半路上他又转来问制帽匠：“师傅，那张皮子能做六顶帽子吗？”“能做六顶！”“七顶呢？八顶可以吗？”“怎么不行呢？做八顶也可以。”制帽匠回答说。“好，那就给我做八顶吧!”“行,我给做八顶,一个星期以后你来取货。”

过了一个星期,顾客来取帽子。制帽匠吩咐徒弟说:“去把客人的帽子拿来。”徒弟立刻拿来了八顶小帽子。这帽子不能戴在头上,而只能戴在苹果上。顾客看着帽子,奇怪地问:“这是什么呀!”“这是你定做的帽子呀!”制帽匠回答说。“唉,师傅,怎么把帽子做得这样小啊?”“那你自己想想吧!”制帽匠回答说。

(亚美尼亚民间寓言)

启迪智慧 只够做一顶帽子的羊皮做了八顶帽子,是顾客的贪婪让他违反了事物的客观规律,把帽子变成废品。

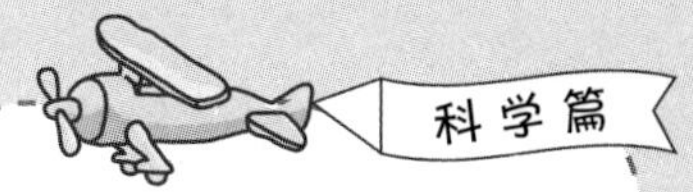

点睛之句　“我没有叫你把琴拿来，我只说把刚才那个美妙的声音拿来。”

084 国王与琴声

一位国王临朝听政时，传来了一阵优美的琴声。他深深被这悦耳的音律打动了，忙问左右大臣：

“那是什么声音？怎么这样动听？”

“报告大王，那是琴声。”大臣很恭敬地回答。

“你去把那个声音找来！”国王对掌管音乐的大臣发布了命令。

不一会儿，那位大臣捧着一把琴进来。

“大王，这就是琴。刚才那声音就是从它身上发出来的。”

国王接过琴，轻轻地对琴说：

“刚才的音律太美了，再发一次给我听听。”

没有一点声音。

国王火了！

“我没有叫你把琴拿来，我只说把刚才那个美妙的声音拿来。”

那位大臣连忙跪下。

“大王，琴是由许多部分组合而成的。这是把柄，那是琴身，那边是琴柱，这个是琴弦。只要这些部分聚集完备，好好地操纵它，就能发出动人的声音。这些部分不经过操作，是发不出声音的。刚才大王听见的声音早已消失了，为臣如何拿得来呢？”

国王答道：

“为了这样虚无的声音，不知世上有多少人为它而神魂颠倒，依我看，这些虚假的东西，我们不能用。”

说完，就把琴摔碎在地上。

（印度民间寓言）

启迪智慧 琴、琴声、操琴的人是三位一体，互相联系的，无法分割。

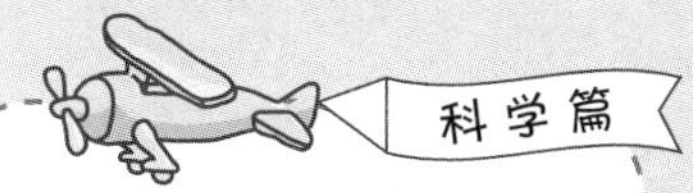

点睛之句 小虾已经不能再抱住麻雀的翅膀而离去。所以，它们俩都被烧成灰。

085 麻雀与小虾

傍晚的时候，一只麻雀看见一只贴在岩石上的漂亮小虾，因而爱上了它。麻雀向小虾求爱，追求了很长的时间，小虾才答应嫁给它。后来麻雀和小虾终于结成终身眷属。

正如预料到的那样，小虾坚持要麻雀到水里去和它一起生活。起初，麻雀顺从了它。但是在水里住到第五天，麻雀就发觉自己慢慢地快要被淹死。因此，它要求妻子和它一起到它的住所去，它的住所是在数里之外茂密的干草场里。小虾也顺从了丈夫的愿望。

但是，在干草场里待了一个很短的时间后，小虾发现自己因为太阳照射的缘故而正在变红。所以，它要求丈夫和自己一起回到它的水中王国里去，麻雀也同意了这个要求。因此，小虾和麻雀就这样在水里待一天，然后于第二天又到干草场去。尽管有这个缺点，这对新婚伴侣还是过得很幸福愉快。

有一天，小虾因为没有及时回到水里去而造成死亡。它的死给了麻雀一个沉重的打击。麻雀为它哀鸣不止，并且发誓永远不离开它。不幸得很，忽然有几个垦荒的农民来点火，把干草场烧了。当麻雀发现这个情况后，它努力设法要把妻子的尸体带到更安全的地方去，以便它的尸骨能够在那边安详地腐朽下去。但是作为死去的动物，小虾已经不能再抱住麻雀的翅膀而离去。所以，它们俩都被烧成灰。

（菲律宾民间寓言）

启迪智慧 不尊重客观规律，不尊重双方的生活习性、生活环境，再美丽坚贞的爱情也只能变成泡影。

点睛之句　“可怜哪，你喝那么多泉水干什么？”

086 青春的泉水

有一对老人，老头子每天上山打柴，老太婆在家里操持家务。

一天，到森林里打柴的老头子，到了晚上还没回来。老太婆整整等了他一夜。第二天一早，一个青年人背着一捆柴火到了她家。

老太婆仔细一看，这不就是她家的老头子吗？怎么长得和二十岁时一模一样？

“你这是怎么啦？”老太婆惊奇地问。

丈夫说：“昨天我到山里去打柴，忽然刮起了一阵大风，一只从来没见过的美丽小鸟飞过来，在我头上转了几圈就往前飞。我跟着它往前走，走哇，走哇，过了一个奇异的山谷，来到一汪泉水边。人又累又渴，就捧泉水喝，喝了几口，突然感到浑身是劲，等喝够了，人就像醉了酒一样，在山泉边睡着了……”

“那泉水在哪儿？我也想变年轻呢！”老太婆说。

“好吧！”丈夫高高兴兴地告诉了她去的路径。

谁知过了好几天，老太婆仍然没有回家，丈夫不得不去找。他走过那片林中空地，没见到人影，真担心野兽把她吃掉。后来找到山泉边，还是没有发现老太婆的踪迹，他绝望极了。

而当他灰心地返回时，忽然听到一个小孩的哭声。“有谁会把小孩带到这个荒凉的地方来呢？”他边想边朝哭声传来的方向走去。在一个茂密的草丛里，他发现了一个白色的东西，仔细一看，原来是老太婆的衣服，里面裹着哇哇大哭而脸型像老太婆的女孩。

“老伴，是你吗？”丈夫问。

那娃娃连连点头，哭得更凶了。

丈夫连声长叹：“可怜哪，你喝那么多泉水干什么？你变成了吃奶的娃娃，可叫我怎么办哪？……”

（日本民间寓言）

启迪智慧 是“多喝一点可以让自己变得更年轻”的贪念让老太婆违背了自然规律变成了吃奶的娃娃。

只有充分利用每一分钟，生命才会有意义。

087 时间老人和科学家

科学家夜以继日地工作，可总觉得时间不够。他去找时间老人：“老爷爷，您给我一辈子的时间太少，能不能再多给点儿呢？”

时间老人满口答应。他抽出神奇的宝刀，“叭”“叭”几下，把科学家一辈子的时间砍成了几十小段，每段正好一年，砍完后他说道：“这样，你的时间不就增加了几十倍吗？”

科学家十分失望，继续要求：“老爷爷，您还能再多给点儿吗？”

时间老人又满口答应。他再次操起宝刀，把科学家每一年的时间斩成了三百六十五截，每截恰好一天。斩好后问道：“这样够了吧？”

科学家仍不死心，还是苦苦哀求：“您就不能宽宏大度，再多给一点时间吗？”

时间老人哈哈大笑道：“行啊，行啊！”一边说着，一边又举起宝刀，把科学家每一天的时间，剁成了二十四块，每块刚好一个小时。

剁完以后，笑嘻嘻地问道："这样，难道还不够吗？"

这时，科学家终于恍然大悟，兴奋地说："谢谢您，老爷爷，我知道该怎样延长生命了！"

只有充分利用每一分钟，生命才会有意义。

（［中国］方崇智）

启迪智慧 我们无法延长时间，无法延长生命的长度，可是我们可以通过珍惜时间来拓展生命的厚度。

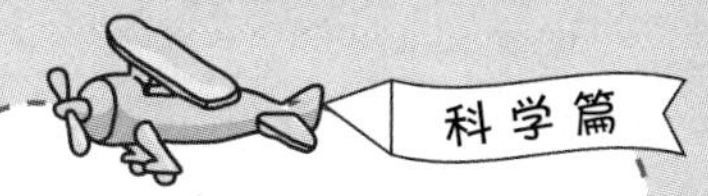

点睛之句　强行违反客观事物的规律去办事，就要产生严重的恶果。

088 医生和白鹤、野鸭

古时候，有一位外科医生从市场上买来一只白鹤、一只野鸭。他不是为了尝美味的禽肉而是另有打算。医生觉得白鹤腿太长，野鸭腿太短，一高一矮，很不协调，看起来也不顺眼。“我要改变它们的体型！”医生想着，立即拿了手术刀将白鹤的大腿切下一大截，重新缝合剩下的腿，再将白鹤的截腿续接到野鸭的短腿上。这样，白鹤便矮了一大截；野鸭则高了一大截，它俩变得一样高低了。

这时，医生非常满意地对白鹤和野鸭说：“现在你们平齐了，应该高兴吧！我要放走你们，好让禽类欣赏欣赏我手术的高明！”

“先生，我们不怀疑你的高明。”白鹤和野鸭同时懊丧地说，“可这给我们带来的，并不是什么幸福，而是一场灾难！”

“为什么？”医生不解地追问。

白鹤伸出长喙，说：“我是涉禽，不会游泳，平时全凭两只长腿，在江湖池沼近旁的浅水中来回行走，捕捉鱼、蛙。现在两腿截短了，不能涉水，又如何去谋生呢？”

野鸭张开扁嘴接着说：“我是游禽，行走不便，平时全凭两只短腿操纵蹼掌，在江湖池沼里到处游泳，捕食鱼，虾。现在两腿变长了，无法游泳，又怎样继续生存呢？”

这个故事告诉我们，强行违反客观事物的规律去办事，就要产生严重的恶果。

（［中国］徐强华）

尊重大自然，尊重客观规律，人类才能平安和谐。

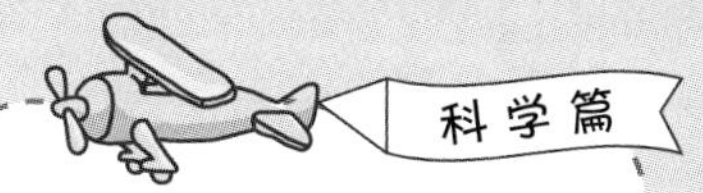

点睛之句　只要方向和目标一致，让它们自由地飞行是能够到达目的地的。

089 两只信鸽

一个信鸽爱好者驯养了两只很好的鸽子，每次放出，它们都能准确无误地飞回目的地。但驯鸽者发现，它们到达的时间，总是有先有后。他认为，这两只鸽子之所以有时这只先到，有时那只先回，显然是有时那只飞了弯路，有时这只错了目标，要不然一定是同时到达的。他想，如果将它们拴在一起，共同辨认方向和目标，那一定能更加迅速、更加准确地同时到达目的地。

他把这一设想付诸实行：用一根一尺长的绳子把两只鸽子并联起来，然后放它们飞行。

两只鸽子不能持续不变地保持同一距离同一速度飞行。绳子使它们互相牵制，它们越是想尽快地飞，越是受牵制得紧，终于从空中摔了下来。经过几番剧烈的挣扎，无法飞起，结果死在路上。

——只要方向和目标一致，让它们自由地飞行是能够到达目的地的，即使多少走点儿弯路也并无妨碍；取消这一点儿自由，它们就只能死在路上了。

（[中国]黄瑞云）

弯路与自由恰恰是人生必不可少的，也是人生的乐趣所在，如果为了方向和目标连这些都剥夺了，人生就可能走向毁灭。

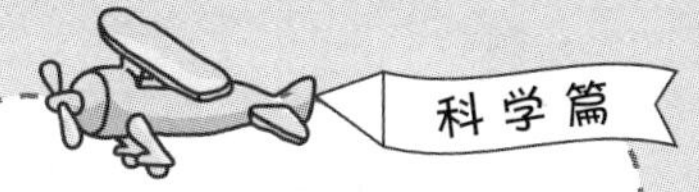

点睛之句　尽管它是鸟类中的骄子，也不能不顺从自然界的规律。

090 想接近太阳的天鹅

天鹅——高贵的鸟。它姿态高雅，动作优美，那副强健有力的双翅，使得很多的鸟都相形失色。可是尽管它是鸟类中的骄子，也不能不顺从自然界的规律，不然……

在一群天鹅中，有一只自认为最有学问的天鹅，它对什么都看不惯，对什么事物都有新的见解。首先它对天鹅那种季节性的南北转移很是不满："我们干吗一定要秋季飞到南方去，春季又回到北方来呢？这种循规蹈矩的疲劳做法有什么好处？难道我们就不能用其他方式改变这种陋习吗？"它经常这样大发议论。

又是一个秋季到了，大地变成黄色，北风接替了南风。一群群天鹅开始飞向南方去了，这只聪明的天鹅却不肯离去。虽然经众天鹅再三相劝它也不听。"你们去南方不就是为了暖和吗？"聪明的天鹅向它们解释着，"我们可以向高处飞，去接近太阳。离这不远就有一座几千米的高山，到山顶上当然要比地面更接近太阳，无

疑那里是温暖的，也一定有数不清的丰盛美餐。我们可以去闯闯新路，何必飞上几千里到那么远的地方呢？”

虽然它说得如此自信，鸟们仍是一批批地飞向南方，最后只剩下了它一个。“我要创造出奇迹来给他们看看，你们这些愚蠢世俗的家伙们！”

于是这只聪明的天鹅开始向高山飞去。它越往山上飞，反而越觉得冷。飞到山腰时已冻得连展翅都困难了。可是虚荣的自尊心仍旧使它继续向高山上飞去……

不用我多说，稍有点地理知识的人都清楚，这只聪明的天鹅越往高飞，它的死期也就越近！

（[中国]周冰冰）

创新与个性要以尊重客观规律为前提。

十、创新篇

谈到创新，我们至今还在称道第一个吃螃蟹的人，其实，在人类文明史上，有许许多多的“第一个”，一部人类文明史就是一部不断创新的历史。没有创新，就没有进步；没有创新，就没有发展；没有创新，就没有未来。创新是一个人、一个团体、一个社会，最重要的素质。回声要伊索先生把它写进寓言，伊索为什么不写呢？因为回声不具有创造的品格，没有创造就没有存在的价值。带鱼不敢创新，死抱旧的传统习惯不放，只能葬送自己。骑在骆驼背上的老鼠，采取了与看日出恰好相反的方向，比昂首东望的骆驼先看到太阳；车轮不甘于重复自己，终于实现了更高的存在价值；谨遵“规矩”的师弟毫无作为，而“自作聪明”的师兄却青出于蓝胜于蓝。读过这些故事，我们就会深深领悟创新的意义。如何创新？有三点不可不思：一要放下包袱，不要怕这怕那，经常担心犯错误就不敢创新，就像《两个裁缝》中的李裁缝那样。二要学会求异思维，喇叭不响调头吹，老师用少得可怜的钱，要俩学生买回能塞满房间的东西，聪明的学生弃实就虚，用灯光轻易就塞满了；没有足够多的牛皮铺路，聪明的仆人就把思考的对象由“路”转向“脚”，于是创造了皮鞋。三要打破常规。伊索先生的鹳鸟，如果采用常规手段，无疑达不到喝水的目的，它的聪明就在于善于借鉴、打破常规，叫水自己漫上来。那位给皇帝治肥胖病的医生不用药，一句让皇帝忧心忡忡的话产生了奇妙的减肥效果。

一阵大风将碎石刮进水罐，水花从罐口溅出来。

091 聪明的鹳鸟

地球西部的沙漠腹地中，有一块方圆数百里的绿洲。这里有天然形成的湖泊、草地，还有一座森林。

无情的干旱时时威胁着这块绿洲。如果遇上大旱，一连几个月不下雨，这里的生命就逐渐萎缩，以至消失，只有倾盆大雨才能给这里带来勃勃生机。有一年，干旱再度降临，一连三个月滴雨未下。树叶黄了，花草枯焦，大地龟裂，湖水干涸，动物们纷纷逃离，只有一只鹳鸟不肯离去，它要等待幼鸟学会飞翔。

幼鸟终于学会了飞翔，它们跟着母亲离开这块死亡之地，去寻找生命之水。鹳鸟带着子女慢慢飞翔，它不敢快飞，知道它的子女体力有限。第二天，幼鸟渐渐体力不支，一只只坠落，挣扎着死去，鹳鸟大声哀鸣。一只苍鹰掠过，对鹳鸟说："现在不是哭的时候，还是保存点体力上路吧。前面还有很大一片荒漠，你要飞几天才能找到水源。再哭下去，你也会死的。"

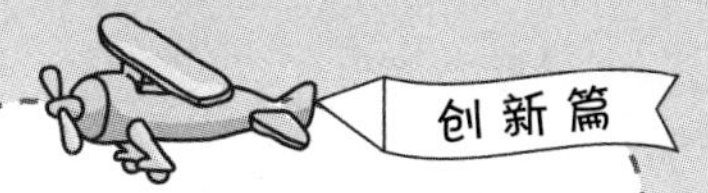

苍鹰说完就飞走了。鹳鸟只好止住眼泪，拼力飞翔。它又飞了整整一天一夜，忽然发现大树下的一块石头上立着一只水罐，它立即从空中滑翔而下，立在水罐旁边。水罐很大，比鹳鸟高出两倍。鹳鸟飞到罐口，将头探进罐中，可是，不论怎样努力，都喝不到水。它沮丧地跳下来，打算用身体将水罐撞翻，可是，试了几次，水罐竟安如泰山，一动不动。它定定地看着水罐，心想：一定要喝到水，看着水而活活渴死就太愚蠢了。

这时返回的苍鹰也看到了水罐，但它也没有办法喝到水。苍鹰和鹳鸟联手，仍然不能将水罐推倒，苍鹰觉得失望，拍拍翅膀飞走了。

突然，一阵大风将碎石刮进水罐，水花从罐口溅出来。鹳鸟灵机一动，哈哈大笑，险些乐得昏了过去。绝处逢生的喜悦使它精神大振，它立即衔来碎石，一块一块丢入罐口，水慢慢升上来，鹳鸟张开大嘴，饱饮了一顿。喝足了，才高高兴兴地飞去。

（[古希腊]伊索）

启迪智慧 鹳鸟的聪明在于它善于借鉴，善于打破常规。它用衔碎石丢入罐口的创新方法使自己喝到了水。

原来，小小的老鼠要比庞大的骆驼聪明。

092 老鼠和骆驼看太阳

老鼠和骆驼发生了一场争论。

“我比你首先看到太阳！”骆驼说。

“不是的，是我比你先看见太阳的！”老鼠不让步地争辩着。

“瞧你那个头儿——还没有我的眼睫毛儿长哩；而我，却像一座高大的山！你竟敢和我争辩吗？”

骆驼为了比老鼠更早看见太阳，整整一夜老是伸着脖子望着草原的东方。

老鼠呢，却骑在骆驼背上，面向西方。聪明的老鼠心里清楚，等天一亮，太阳光总是首先照着高高的西山。而骆驼却老是盯着东方，瞅着日出。

突然老鼠喊起骆驼来：

“我已经看见太阳了！你快向后看！”骆驼转过身子一看，西面的山尖果然已经被太阳照亮了。

原来,小小的老鼠要比庞大的骆驼聪明。

（布里亚特民间寓言）

启迪智慧 骆驼老是盯着东方瞅日出，它用的是定式思维，所以它输了；而老鼠却发现，太阳升起总是先照着西山,所以它赢了。创新的关键是要打破定式思维。

点睛之句 “我是使了一个计策，才使你瘦下来。”

093 聪明的医生

波斯有位国王长得很胖，心情很坏，因为他听说肥胖对健康是很有害的。后来，他召集全国医生，要求他们治好他的病。但医生们无论怎么努力医治，国王还是越来越胖。

有一天，一个聪明的医生来找国王。“国王，我一定能治好你的病。”医生说，“但要给我三天时间考虑用什么药。”

过了三天，医生说：“国王啊！我给你算了一下，你一共只能活四十天了。要是你不信，把我关进监狱好了。”

国王当然不信，下令把医生关押起来。但事过之后，医生的话老是在他的头脑中出现。他也日夜担心这一天的到来，不再寻欢作乐了，整天心事重重，愁眉苦脸，拒绝接见任何人，他的忧愁一天比一天深，所以人也变瘦了。过了四十天，国王没有死，他就下令把医生从监牢里带出来，责问他。

医生回答说：“我是使了一个计策，才使你瘦下来。除了这种

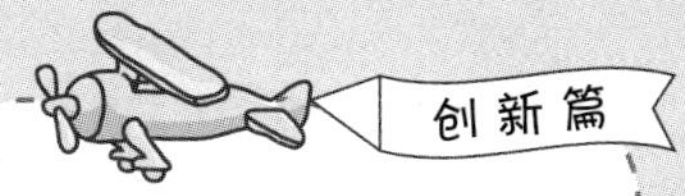

办法,我找不到别的药了!”

国王这时才恍然大悟,于是重重地赏赐了这位聪明的医生。

(阿拉伯民间寓言)

启迪智慧 对死亡的恐惧让国王瘦了下来,洞察了人性的弱点的医生确实是聪明。

"先生！我已把这房间用灯光来塞满了。"

094 聪明的学生

一个东方的聪明人收了两个学生，有一天晚上他因为要测验这两个学生的智力，便各给了他们一块钱，吩咐说：

"我给你们的钱不多，但是要你们立刻买件东西来，能够把这间黑暗的房间完全塞满。"

这真是个难题呀！一块钱能够买什么东西呢？怎么能够买来这么多东西把这大房间塞满呢？

但是，两个学生都立刻遵命出去买。

隔了不久，他们都回来了。

一个学生拿这一块钱买了许多干草，叫人运了回来，摆进这个房间。真的，这个房间被这许多干草塞满了。但是这聪明人摇摇头，并不称赞他。因为把干草堆在房里，是很笨的法子。房子被干草都塞满了，人怎么好住呢？这只是使房间更加黑暗，而且变得无用而已。

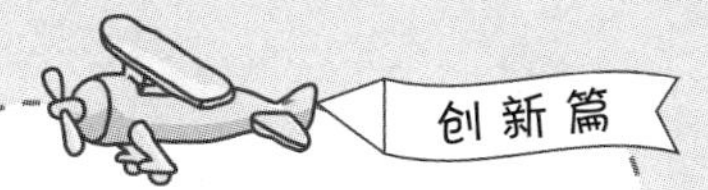

另一个学生却只花了四角钱，买了一盏油灯回来。他把这盏灯点了，房间里立刻亮了起来，什么东西都看见了。这个学生叫着："先生！我已把这房间用灯光来塞满了。"

聪明人高兴地说："是的，好孩子，这正是塞满房间的好办法。"

（印度民间寓言）

启迪智慧 "无形"胜"有形"，能够想到用蜡烛的光亮塞满黑暗的房间的办法的学生是智慧的，相比只想到用物质来塞满房间的学生，他的做法让人耳目一新。

点睛之句 “用两片牛皮做成袋子，套在您的脚上不是就不怕硌不怕刺了吗？”

095 皮鞋的来历

这是几千年以前的事情。

那时，人类都还赤着双脚走路。有一位国王到某个偏远的乡间旅行，因为路面崎岖不平，有很多碎石头，刺得他的脚又麻又痛，痛得“哇哇”直叫。

于是回到王宫后，他就下了一道圣旨：将国内的所有道路都铺上一层牛皮。他认为这样做，不只是为自己，还可造福他的人民，让大家走路时不再受刺痛之苦。

很快，往路上铺牛皮的工作就开始了，声势十分浩大。但铺着铺着就出现了一个难题，牛皮很快就用完了，已宰杀了成千上万头牛，可铺好的路不到百分之一，即使杀尽国内所有的牛，也筹不到足够铺剩下的路的皮革，而所花费的金钱、动用的人力，更不知增加多少。显然根本完不成任务，但因为是国王的命令，大家也只能摇头叹息。

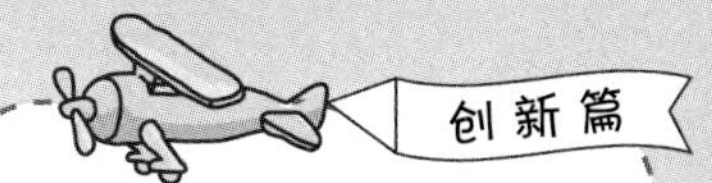

一位聪明的仆人大胆向国王提出建议："国王陛下，我有一个办法，既不需要您继续劳师动众，再牺牲那么多头牛，也不再需要花费那么多金钱。"国王忙问："是什么办法？"

"用两片牛皮做成袋子，套在您的脚上不是就不怕硌不怕刺了吗？"仆人说道。国王听了很惊讶，但也立刻明白了。于是，他立刻下令把已铺在路上的牛皮全部揭起来，用它们做成千万双鞋子。

从那个时代起，人们就开始穿皮鞋了。后来随着时代的发展，皮鞋的样式也发生了变化。

（印度民间寓言）

脚被石头硌疼了，你是管脚还是管路呢？思路决定了出路，创新始于脚下。

点睛之句　你没有半点属于自己的声音，叫我怎么去为你写寓言呢？

096 伊索与回声

有一天，伊索正伏在桌上写作寓言，忽然，一个声音从窗外飘了进来，伏在壁上，不时发出“呵喂呵喂”的声音，与窗外山头的声音相呼应，吵得伊索无法继续写作。

伊索放下笔，问道：“你是什么？怎么跑到我的写作间里来吵闹？”

那个声音回答说：“呵喂——您不知道么？我是回声，是特地来同您谈判一件事情的。”

伊索感到很诧异，问道：“回声？回声想同我谈判什么呢？”

“您是写作寓言的大师，”回声很有礼貌地说，“您写了那么多优美的寓言，什么狐狸呀，乌龟呀，兔子呀，麻雀呀……甚至连蚂蚁您也写到了，为什么不给我们回声也写一则寓言呢？您的作品是可以流传后世的，何不也让我们回声沾一点光、成为不朽的声音呢？”

“哈哈哈哈！”伊索大笑起来，“‘呵喂’先生，非常抱歉。这种寓

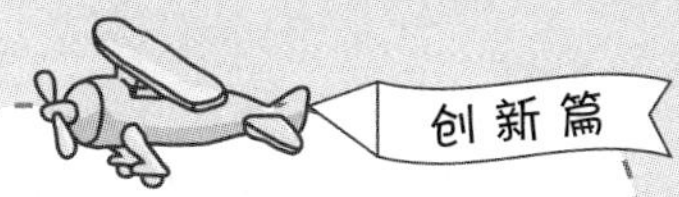

言我是无论如何也不能写的。因为兔子、乌龟、麻雀和蚂蚁们，虽然都是些小动物，但它们毕竟有自己的创造，所以值得一写。你有什么呢？你只会别人说什么你就跟着喊什么，甚至连腔调都那么相似，没有半点属于自己的声音，叫我怎么去为你写寓言呢？”

（［中国］罗丹）

重复别人永远没有生命力，创新才有出路。

老祖宗教给我们的，是不能改变的。

097 带鱼的习惯

海水中，有一条小虫随着流水来回飘动着，一条带鱼见了，上前就是一口，谁料还未吞下那小虫，它的嘴就被钩住了。原来，这条贪吃的带鱼吞下的是渔民下的鱼钩。

带鱼拼命地摆动着尾巴，想挣脱逃走。可是，它的尾巴很快就被另一条带鱼咬住了。接着第三条带鱼咬住了第二条带鱼的尾巴，第四条又咬住第三条的尾巴……

当第八条带鱼扑上去，正要咬第七条带鱼的尾巴的时候，一只乌贼马上把它挡住，警告它说："你不要扑上去了，这样做是很危险的，渔民们会把你们成串地钓上去的。"

"啊，我们没有办法。"第八条带鱼说，"因为咬住被钓带鱼的尾巴，是我们的习惯。而这习惯，又是老祖宗教给我们的，是不能改变的。"第八条带鱼说完，飞快地去咬第七条带鱼的尾巴了……

一会儿，钓线动了，慢慢地往上升，带鱼们都知道，它们要被钓

到海面上去了，但谁也不愿放开嘴逃掉，因为它们要尊重它们旧日的习惯呀，结果，全部被渔民钓着了。

（［中国］谈庆麟）

启迪智慧 习惯的势力是可怕的，当生命的安全受到威胁还屈服于习惯，那就太愚蠢了。

只有不重复自己，才能走向更远的目标……

车轮刚刚出生的时候，就听到有人议论：“车轮只能绕着车轴转动，这样的生活有什么意义？”

车轮听了议论，心里非常懊丧，它轻轻转动了一周，果然又回到了原来的位置。

有一天，车轮大胆地把脚伸向地面，它要尝试在地上行走。它又轻轻地转动了一周，啊，地上留下了一串深深的足迹。

车轮走出了第一串足迹，又听到人们的议论：“唔，原来车轮是能够独立行走的。看，它的足迹多么耀眼！”

车轮听了议论，心里充满自信。它想：原来，生活的意义不在别处，就在于自身的努力。

车轮没有重复原有的足迹，又向前转动了一周，两周，它又留下一串串足迹，连起来竟成了长长的距离。

车轮不再回头，它知道原有的足迹已经成为过去，要走出新的足迹，只能面向前方。

于是，车轮不停地向前，足迹穿过了山谷、原野，它带动着那辆漂亮的车子，奔向充满快乐的远方。

人们再看那串长长的足迹，它已经化作了闪光的诗句：

只有不重复自己，才能走向更远的目标……

（[中国]金本）

启迪智慧 不在原地打转，不重复自己，敢于尝试就能不断成长。

大徒弟常常“自作聪明”，不照师傅的“规矩”做。

从前，有个能箍擅雕的巧手木匠，晚年收了三个徒弟。

大徒弟学了一年后，不论交给他什么活，都能独立思考，自个儿画线、下料、凿眼……日子一长，他的手艺几乎赶上师傅了。

二徒弟和三徒弟，却表现得很“谦虚”。料下多长、眼打哪里，处处都请教师傅。从拜师那天起，几年来，天天围着师傅转。

后来，师傅觉得大徒弟常常“自作聪明”，不照师傅的“规矩”做。有一次，竟还建议师傅“吸取”他的做法，老师傅积怨成怒，吼道：“放肆！”

大徒弟据理辩解：“我是想节省材料。”

“你敢回师傅的嘴！”老师傅一气之下，撵走了大徒弟。

谁知，大徒弟走后不久，师傅就病倒了。便唤来二徒弟和三徒弟：“唉，为师的看来不行了。看在师徒的情分上，求你们尽快为我做口寿材。让我睁着眼睛看个样子。”

二徒弟听后，望望三师弟，转来问师傅："请问师傅，寿材是方的还是圆的?"

三徒弟听二师兄问，心中更觉无底，躬身走到师傅床边："您老能否帮我们把线画好再睡?"

"啊?"老师傅这才意识到自己的过错。二徒弟和三徒弟平时听话是假，依附师傅是真。怪谁呢? 怪自己。他老泪纵横地吩咐两位徒弟："快请你们的大师兄来!"

大徒弟闻讯赶到，连夜动手，做了一口比师傅自己想象的还要好的寿材。

老师傅满意了，激动地拉着大徒弟的手，颤抖着嘴唇说："我死以后，你若带徒，别像我……"

（[中国]柯玉生）

创新精神需要独立思考，需要放开手脚，依赖只会让人无能和平庸。

人的一生中可能犯的最大错误，就是经常担心犯错误。

100 两个裁缝

张记缝纫店和李记缝纫店正好门对着门，张裁缝生意兴隆，李裁缝却生意清淡。

一天，李裁缝来到张裁缝店里，他对张裁缝说："我自从干了这一行，常担心裁剪坏顾客的布料，所以总是小心谨慎地按过去的式样裁剪，从未出过差错，不知为什么顾客越来越少了？"

张裁缝放下手中的活，说道："我自从干了这一行，常担心裁剪出来的衣服是老式样，总是大胆地试着裁剪各种新式样的衣服，多次裁坏过顾客的衣料，可是，顾客却越来越多了。"

这时，正在店里的一位顾客说："张师傅不怕出差错，勇于探索，做出的衣服新颖美观，顾客当然喜欢；李师傅怕出差错，墨守成规，做出的衣服都是老式样，顾客怎么会喜欢呢？"

人的一生中可能犯的最大错误，就是经常担心犯错误。

（［中国］钱欣葆）

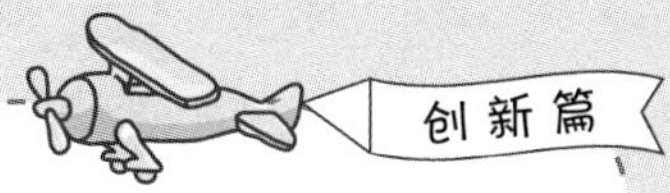

启迪智慧 害怕出错而停下创新的脚步往往停滞不前。

编选说明

一、本书编选以教育部新编的小学品德和初中思想品德课为指导,可作为中小学未成年人思想品德和政治教育的辅助读物。

二、考虑到读者对象主要是青少年,我们对部分篇幅过长、内容较深奥的作品作了适当删节和改动。

三、编选本书时,我们已和多数作者取得联系,并征得他们的同意,但由于工作单位和通讯地址不详,有少数作者未能联系上,我们恳请有关作者见谅,并与我们取得联系(通讯地址:435003湖北黄石团城山石榴园17-3-402信箱,联系电话:0714-6356655,13986590290,电子信箱:dfqiaos@163.com,dfqiao@yahoo.com.cn),以便奉寄样书和稿酬。

编者